WHISPER OF STARS

星星的私语

[埃及] 纳吉布·马哈福兹 著
秦程程 译

NAGUIB MAHFOUZ

江苏凤凰文艺出版社
JIANGSU PHOENIX LITERATURE AND
ART PUBLISHING

目录

序言

“我是撕纸王”——在“平民座谈”中被问到关于创作手稿的问题时，纳吉布·马哈福兹如是回答。他还说，有一段时间曾把自己的作品跟别人写他的文章一股脑收在一起，过一段时间再拿出来翻看，却发现这些东西多多少少有些重复。从此，只要手上再有什么新材料，他就全部撕掉，省得家里堆满冗余的东西。再后来，他之前的存稿也无法整理，于是又开始撕以前的稿子。好在他妻子还是从中留下了许多，他自己也会整理一些发表或是没发表过的手稿。

后来，马哈福兹的女儿乌姆·库勒苏姆将他的一箱书稿给我，我兴奋得犹如探到了一处法老宝藏。经过一番整理，马哈福兹书稿的大致轮廓清晰起来：有小说手稿；有笔记，记录了一些政治见解和为数不多的几次旅行见闻；有翻译合同；有价值极高的书信；还有许多其他的惊喜……这次发现就像打开了一座文学宝库，可供评论家们去做各种各样的新研究，去探索这位“开罗三部曲”作者的写作历程及其小说人物、写作风格的演变。

手稿里有一整套卷宗，封面手书“实验中：篇幅、类型和手法待定”，马哈福兹后来划掉了这一句，写上“一九九三至一九九四年间完成的短篇小说，已发表”。卷宗里面的短篇小说约有四十篇，写成后并未立即发表，因为那两年马哈福兹在写《自传的回声》。一九九四年十月，发生了针对他的刺杀事件，于是这些手稿只能暂时尘封在书箱里。

几年以后，马哈福兹找出这些手稿，发表在《半边天》杂志上。那段时间，这家刊物常常刊登他的作品，并冠以“诺贝尔奖得主新作”之名。一九九六年，埃及书局出版《马哈福兹短篇小说选》，并称其为“马哈福兹最新作品”，当时就是从这批作品中选了一篇《箭》当作新书的首篇。不同以往的是，作为这部“荣誉选集”的首篇，《箭》还是第一次被收进短篇小说集里。再后来，马哈福兹从这批短篇小说里挑选篇目，出版了他的最后两部短篇小说集《最后的决定》和《遗忘的回声》。但仍有十八篇短篇小说没能收进各版本的马哈福兹作品集，其中有一篇《古堡里的纳波卡》从未在任何地方发表过。

目前的这部短篇小说集，并非迥异于纳吉布·马哈福兹的创作世界，它是《我们街区的故事》（一九七五年）和《遗忘的回声》（一九九九年）中所回忆的童年故事的延伸，但其中也充满象征，还饱含一位老人的智慧。

这些故事都发生在“街区”中，这里是马哈福兹最爱的充满生机的世界。街区有特定的景观，尽头处的地窖栖居着无家可归的人们，地窖上方耸立着古堡，那是幽灵、鬼怪出没的地方。故事的主角或是强梁凶徒，或是疯子、占星家、中邪者、亡命徒、得道的苏非圣徒、施神迹的巫师，还有监控、干涉街区事务和居民生活的长老们，以及小清真寺里的教士们……里面有各色面孔、各种面具，藏在背后的是各式各样的故事。

很多人逃离了街区，或是为了躲避仇敌，或是为了挣脱传统，或是为了追寻爱情和财富。也有一些时来运转衣锦还乡的人。他们常常发出类似预言的含混不清的话语，在故事的主人公之间流传，许多话还以某种方式应验，而这些人要么被指控为着了魔，要么被说成是离经叛道。

跟《我们街区的孩子们》一样，时间是各个故事的真正主角。塔维达曾是街区里的绝色美女，但时间最终销蚀了她的美貌。她对叙述者说："如果你认不出我，那可不是我的错！"在《我们街区的故事》中，马哈福兹曾经描写过这位美女，她是"街区里的第一个女公务员，每天去部里工作，和一帮男人混在一起”。如今，她再次出现在马哈福兹笔下。

马哈福兹通过小说审视着这个街区的世态炎凉。这里曾遭受“风暴”的席卷，之后满目疮痍，盗贼猖獗，财产毁尽，妇女被辱。这里的人们有时会突然陷入悲痛，哭号就像瘟疫一样四处蔓延，督察员前来一探究竟，可他本人也险遭传染。但与此同时，马哈福兹仍要寻找那些能够独善其身的少数人，他们在黑暗中相互私语，携手前行，他们坚定而耐心地盼望黎明的到来……马哈福兹还在寻找袅袅乐音，这样的乐音从乐手哈桑的家中传出，引得大家闻乐起舞，终于停下了哭号。就这样，就像马哈福兹永远坚信的那样，生活还在继续，伴随着鲜花、芦笛和歌声，伴随着那些用艺术去探求黎明之光、寻找奇迹的人。而这，恰是马哈福兹永恒的信仰。

艾丽芙·沙法克

一往无前

离开一年后，扎琪亚再次回到街区，怀中还抱着一个婴儿。没人知道她离开过，也没人知道她回来了。她依然瘦骨嶙峋，面色苍白；甚至连苍白都算不上。俏丽的容颜早已消失不见，留下的唯有青春滑过的痕迹。扎琪亚凝视着眼前的三栋房子，洗衣女工的母亲苏凯娜去世后，她曾在这些房子里做过女佣。循着酒窖的方向，扎琪亚看向边上那栋房子，她死死盯住那里，一刻都不放松。房子主人名叫博斯·奥斯曼，靠卖手杖和雨伞为生。

扎琪亚非常缺钱，她不能浪费时间。因此，

她决定先当个小贩，卖孩子吃的糖果，比如土耳其软糖和加了糖的葛缕子籽。扎琪亚一手提着装满芝麻蜜方饼的篮子，一手抱着孩子。她开始走街串巷，兜售甜食，但她似乎总在博斯·奥斯曼的商铺前转悠，想引起他的注意。她要确保博斯能听到她的声音或是看到她本人。想一辈子当她不存在，绝不可能。趁店前没什么人，博斯赶紧招呼她过来。两人四目相对，扎琪亚眼神坚定，沉着冷静，博斯却躲躲闪闪，满是谎言。

“你过得好吗，扎琪亚？”他问。

“真主保佑，还算可以。”她粗声粗气地回答。

“有需要我帮助的地方吗？”

“真主会为我准备好一切。”她勇敢地说，“但孩子必须得到应有的照顾，这是真主的旨意。”

“闲话少说。说你需要帮助就完了。”

“我只是说出了想表达的意思。”扎琪亚气愤地反驳道，“你应该明白。”

“我一个字也听不懂！”博斯紧张地吼道，“快滚吧。离我远远的。这就是我得到的奖赏，只因我同情了一个不配得到同情的人。”

博斯·奥斯曼走回店里，气得直哆嗦。扎琪亚继续在商店附近卖芝麻蜜方饼，她绝不放弃自己的计划。她要一直坚守在那里，她有这个决心。与此同时，博斯怒火中烧，整天噩梦缠身。

“我太不幸了！”博斯自言自语，他感觉体内的每个细胞都被紧张感攫住了，“我甚至无法集中精神工作。”

他开始憎恶这种生活，无论在店里还是家里，日子都不得安生，博斯觉得自己和家人都在魔鬼的操控之下。

“如果你继续折磨我，”某天回家的路上，博斯轻声对扎琪亚说，“我就杀了你，然后抛尸荒野，谁都找不到你。”

但扎琪亚毫不畏惧，她也没想过退缩。不仅如此，她还和孩子玩得很开心。博斯·奥斯曼再也无法忍受了，整个世界都在跟他作对，还有这个怀抱孩子的女人，简直是阴魂不散。他找到自己的朋友，也就是区长，把自己的委屈向他和盘托出。

“我最害怕的是，”博斯继续说，“她会无中生有，制造出丑闻。”

区长死死盯着他看了许久，但并未对他的话表示怀疑。

“倘若那个女人没污蔑你，”区长告诉奥斯曼，“我建议你收起心中的骄傲，继续按真主的旨意好好工作。”

“但她就是想造谣污蔑我。”奥斯曼的声音都沙哑了。

“她有可能这么做，而且人们也会相信她。”

“但你不会坐视不理。”

“我会劝她离开街区。”区长稍加思索后说道，“她每个月都会拿到生活补贴，这是桩善举。这是最好的解决办法。”

“我绝对听从您的吩咐。”博斯·奥斯曼叹气道。

第二天，区长召见扎琪亚。

“我有个办法，可以顺利解决你的难题。”他说。

区长将他和博斯制定的协议告诉扎琪亚。

“你可以住进一栋非常棒的房子，”区长说，

“我还会在新区长面前替你说好话。”

扎琪亚沉默着，没人知道她在想什么，也没人说得准她心中涌动着何种情感。区长明白，自己得不到满意的答复。

“你听见我说话了吗？”区长问她。

“听到了，区长大人。”扎琪亚回答，她的脖子很僵硬，“但我不会离开的。”

“你疯了！”区长大怒。

“显而易见。”

“这是他的孩子，”扎琪亚说，“我不能接受那种施舍。”

“你打算怎么做？”

“让他随时随地看到孩子，这样他才能永远铭记自己的罪孽。”

扎琪亚说到做到，她始终在商店附近徘徊，

一边卖芝麻蜜方饼，一边照顾孩子。博斯·奥斯曼逐渐跌入痛苦的深渊。他简直气疯了，甚至想到了杀人，这也许是破天荒头一遭吧。

走投无路之际，意想不到的事发生了，某个工作日的中午，他主动找到了区长。

“我愿意娶她，也愿意认下孩子。”博斯大喊道，他抓住区长的手，好像在祈求帮助，“但我们必须离开这里。”

区长的回答再清楚不过了：

“别和她谈条件，那个女人永远不会让步。”

塔维达

地窖前方的第三栋房子被称作“白房子”。从地窖出发去主广场，白房子就位于右侧。房子里住着白种人，所以大家叫它“白房子”。

塔维达，白房子里的你是王冠上的宝石，是万能的真主创造的可人儿！你的美貌无人能及，而且我想象中的你比实际记忆中的更为动人。在大多数情况下，我们只能遥望白房子里的人，但塔维达是个例外，受真主眷顾，她成了我家的姻亲。我们对她有了深入了解，也感受过她的善良品行。虽然我颇为年幼，但她那玫瑰色的脸庞、如墨的秀发、甜美的声音已深深震撼了我。尤其是她的声音，那可是我们争相模仿的对象。刚开始面对塔维达时，我们总是毕恭毕敬，小心翼翼，但是，很快她就对我们敞开了友谊之门。我们渐渐熟悉起来，她也不再脸红害羞了。事实上，塔维达内心单纯，为人和气，总是乐呵呵的。我们永远不会忘记，每天早晨，都有专车在固定时间接她去欧洲学校。当时，街区的所有人都说塔维达被欧洲化了，那是新潮，是刺激，同时还带点挑衅意味——绝对是可供吹嘘的资本。但如今，塔维达和我们住在一起，同说法语和意大利语，穿最新最时髦的衣服。她会谈论笛卡尔的哲学观点，背诵波德莱尔的诗歌，凭着记忆弹奏贝多芬的钢琴曲。但我们不嫉妒她，因为塔维达美得动人心魄，她总是那么快乐，动不动就给我们讲好玩的笑话。

当然，塔维达的魅力还体现在更多方面：这位可爱的姑娘非常喜欢穆尼拉、阿布德·阿尔－哈维和萨伊德·达尔维什的声音。她既会弹奏《月光奏鸣曲》，又会唱“她已经升起来了，多么绚烂的光彩！”她会背诵沙乌奇和哈菲兹的诗，更感人的是，她会虔诚地祈祷，会在斋月期间禁食，还愿意听著名的诵经者阿里·穆罕默德和纳达诵经。当然，最令人惊讶的是，她答应了乌姆·鲁卡亚的求婚。

“告诉我，白昼到底对我们隐藏了什么。”塔维达说。

不管是贝多芬、笛卡尔还是波德莱尔，都无法抹杀塔维达的街区情结，那是她度过童年岁月的地方。她仍然焚香，仍然相信占卜，当然，还有那栖居在地窖上方古堡里的幽灵。

时光飞逝，亲人们各奔东西，去了适合自己的地方。塔维达先是奔赴扎马雷克，接着出国待了一段时间，最后返回了故土。她做了母亲，做了祖母。我已经很长时间没见过她了，但我依然记得那个年轻、漂亮、充满魔力，总是笑盈盈的姑娘。

我坐在阿诺酒店附近的人行道上，凝视着远方地中海沿岸的公路。突然，一辆车径直停在我面前，副驾驶席上的老太太轻轻朝我挥手。她戴着深色眼镜。那是一张典型的老年人的脸：憔悴、苍白、消瘦，布满皱纹。

“你不认识我了？”看到我一脸惊讶，她问。

听到那甜美的声音，仿佛香水瓶被打翻在地，回忆扑面而来。

我踉踉跄跄疾步上前，心里局促不安，又涌

动着怀旧之感。我们寒暄了几句，记忆的闸门再次打开了。

“如果你认不出我，”她大笑着说，“那可不是我的错！”

街区之子

在大家的印象里，他一直都被称作“街区之子”。他无父无母，整个街区都是他的地盘，地窖是他的居所，在小处施以援手则是他赖以生存的职业。他到处游荡，穿着仅有的一件大白袍，脸上永远挂着微笑，一副心满意足的表情。直到那瘦弱的身躯需要休息时，他才会走向古堡大门附近的地窖，然后平躺在地面上。

某天，他看到一辆驴车驶来，即将轧到一只正在马路上玩耍的小猫。“停车！”他想都没想就喊了出来。他的喊声吓坏了正要赶往广场的谢赫[1]阿斯福里。谢赫赶紧站定，满腹狐疑又心存恐惧，口中喃喃道："我要寻求真主的庇护。"谢赫笃信异象之说。突然，就在距他一两米远的地方，一块巨石轰然掉落。谢赫不明白究竟是怎么回事，也不知道巨石来自何方。但有件事很明显，倘若谢赫阿斯福里没有听从街区之子的命令停下来，他早就被巨石砸死了，凡是在场的人都能做证。谢赫念了句祈祷词，惊讶得几乎昏厥。他死死盯住街区之子。

"我特此宣告，你是个好人。"谢赫谦恭地说，"你与真主心灵相通。"

人们相信了谢赫的话。街区之子从一个名副其实的流浪汉一跃成为圣徒或准圣徒。无论走到

---

① 阿拉伯国家对男性长者或长辈的尊称，指部落长老、德高望重的人、智慧的男子等。

哪里，人们都用充满爱意的目光看着他，纷纷给他送钱和食物。有些人竭尽所能想套出他的秘密，但他谁的问题都不回答，而且从不妄言自己不知道的东西。大家对他越来越崇敬；都说他造就的奇迹表明他在传达真主本人的意愿。日子一天天过去，街区之子和居民们交往愈加频繁，他在大家心目中的地位也越来越高。

一天晚上，他回地窖睡觉。睡意还未袭来，周围的一切突然被笼罩在一种深邃的宁静中，这是即将发生怪事的预兆。街区之子环顾四周，不明白究竟是怎么回事。就在这时，一个深沉、清晰，令人过耳不忘的声音从头顶上方传来：

“街区之子，”那个声音吟唱道，“去找博斯·扎维，让他把从民众那儿搜刮来的钱财都物归原主。”

刚开始，他还以为是有人恶作剧，但瞬间便打消了这个念头，那种独特的感觉，那个直抵灵魂深处的奇怪声音，怎么看都不像在闹着玩。早已习惯独自待在黑暗中、睡在古堡边的街区之子害怕了。因为远古传说里提到过，这里是魔鬼的栖息地。

“谁在说话？”他坐在黑暗中问道。

声音触到角落又反弹回来，继而充满整个屋子，他完全醒了，全神贯注地听着周遭的动静。他希望一切都是梦，是自己的幻觉。可是突然间，声音再次响起，比之前更有力量：

“街区之子，去找博斯·扎维，让他把从民众那儿搜刮来的钱财都物归原主。”

他打了个寒战，如此铿锵有力、清晰又奇怪的声音，绝不可能是街区的居民发出的。也许，就像之前有人与古堡里的“居民”交流一样，这次轮到他了。博斯·扎维身份尊贵，平时对他也不错，但命令只能服从，没有别的选择。街区之子犹豫了一下，但他突然感到那声音里仿佛带有某种威胁意味。他下定决心，猛地站起来，自信满满地走出家门。最终，他在咖啡馆找到了扎维，这家伙正跟区长及伊玛目[①]一起喝咖啡呢。看到街区之子进来，三个男人立刻停止了抽烟。扎维打量着街区之子的脸。

“你怎么了？”他问，“你想吃东西吗？”

“我要向你传达古堡的命令，”他坚定地回答，“有个声音让我来找你，让你把搜刮来的钱财物归原主。”

---

① 伊斯兰教领袖，也指清真寺的礼拜主持人。

他们目瞪口呆，连舌头都打结了。博斯·扎维第一个反应过来。他绕过水烟管，往街区之子的脸上扇了一巴掌。接着，他放开嗓门大喊，把街区之子猛地推到广场中央。区长见状，急忙把扎维拉回座位。在场的所有目击者都气疯了，他们了解扎维的脾气。街区之子踉踉跄跄地离开了，他告诉自己那个声音肯定是在开玩笑；也许，是邪恶的魔鬼在作祟。消息在街区上传开了，但大家相信，给街区之子传递消息的是一个诚实、有信仰的魔鬼。否则，他怎会知晓民众对扎维的憎恶呢？

几天后，那个声音又来骚扰街区之子。他端坐在黑暗中，内心满是恐惧。

“如果再听从你的命令，”他痛苦地说，“我就彻底疯了。”

可是，声音依旧回荡在地窖的屋顶上，命他

去做相同的事情。

“如果这件事对你如此重要，”他乞求道，“你为何不自己出面？你比我厉害，我只是个可怜到不能再可怜的流浪汉。”

无论他怎样为自己开脱，那个声音就是不肯停止。

街区之子一跃而起，他看不惯自己的无能。勇气和决心在他的胸膛里游走，就像刚喝下一整瓶红酒似的。小小流浪汉竟敢当面挑战扎维，所有人都震惊了。那天傍晚，咖啡馆里的客人纷纷注视着这位只有一件衣服可穿的流浪汉。扎维推开水烟管，站到街区之子跟前。

“不想惹麻烦就赶快滚。”区长警告他。

但街区之子毫不退缩，他对扎维大喊：

“那个声音让我告诉你，赶快把搜刮来的钱财物归原主。”

扎维猛地扑向他，用拳头狠揍他的脸，用脚踢他的身体。街区之子被打倒在地，一边痛苦地扭曲着身体，一边呻吟不止，血从他的鼻子和嘴里喷涌而出。

突然，怪事发生了。坐在周围的客人全部起身，看热闹的也一拥而上，保护街区之子免受更多伤害。随着冲突逐渐升级，人们越来越气愤，大家纷纷投身其中，最终酿成了血腥暴力事件。

根据伊玛目的描述，那简直是个暗黑之夜。民众义愤填膺，到处血流成河，扎维和街区之子一样，也被推倒在地。受伤的人太多了，区长惊讶不已，他从座位上站起来去维持秩序。

“难以置信的夜晚！”区长对伊玛目说，“比古堡里的鬼故事还奇怪。”

箭矢

尽管我阅人无数，生活经验颇丰，也从未遭遇过如今这种“黑暗时代”。这是个怪异的时代，可谓前无古人，后无来者。想要描述这个时代，也许衣服压制工乌姆·法希姆的说法才是最精准的，她说自己接触过七个魔鬼。我曾向一位饱经世事的朋友提问，那次对话令我终生难忘：

“这个世界究竟怎么了？”

“很显然，”他的语气中满是悔恨，“人类生活的时代已经病入膏肓，死亡终将来临，这是一切生灵都逃不掉的终极命运。”

奇怪的是，对这个糟糕的时代，人们并非一

无所知，反而津津乐道，且不以为耻。比如，产婆乌姆·巴希玛曾用满是讽刺的语气说：

“我们将会看到，通奸者在光天化日之下赤身裸体，盗贼在警察的眼皮底下偷窃。”

所有人都得过且过，随波逐流。心生悔意时，就凭吊一下辉煌的过去。区长忙得团团转，至少在大家眼中是如此。他离开自己的店铺，从地窖巡视到广场，竭尽所能维护着街区的秩序。

“犯罪者必将受到法律的制裁！”只要条件允许，区长必会大声喊出这句话。

警察没有减少夜巡的次数，伊玛目一边口念训诫之词，讲述虔诚的祖先们的动人逸事，一边追逐暗夜中的人影。

然而就在这时，博斯·扎因·阿尔－巴拉克却突然毙命，他的死讯让市民更加警惕，也点燃了大家的好奇心。那天是集市日，也是“抢劫多发日”，讨价还价、调情、咒骂的声音不绝于耳。博斯·扎因·阿尔-巴拉克骑着灰色毛驴由此路过，他的仆人在前面边走边喊：“让路，让路！博斯·扎因·阿尔-巴拉克在此！”

刚走到咖啡馆前面，博斯突然尖叫起来，好像得了什么急病。他想从毛驴上下来，但于事无补。博斯的身体扭曲成一团，随后便瘫倒在驴背上。人们从四面八方跑来，将他抬到咖啡馆附近的长凳上，血滴滴答答淌了一路。区长匆忙赶来检查博斯的伤情。他先是默默流泪，然后站起来说：

“神圣的秘密已离他远去。”区长绝望地说，“博斯·巴拉克死了。”

虽然博斯为人恶毒，品行下流，但在死神面

前，人们难免心存敬畏，态度谦卑。区长一脸严肃地瞪视着人群。

“没人靠近过他。”大家异口同声地说。

“警察、检察官和医生非气疯了不可。”区长气愤地说。

经初步调查，博斯死于箭矢之下，有人用弓箭射穿了他的心脏。这真是桩奇事。大部分市民甚至连“箭矢”是什么都不知道。面对令人难以置信的真相，大家议论纷纷。

“箭矢是从弓上射出来的，”区长解释说，“拿弓的人不可能站太远。你们中间肯定有很多人看到了凶手。”

然而，大家却郑重发誓，没有一个人看到过凶手。

“我知道，”区长生气地说，“扎因·阿尔－

巴拉克不招人喜欢……”

“不待见他的人简直数不胜数，”一个声音说，“但我们只说自己知道的，不会做伪证。”

区长找遍了周围的建筑物，凡是存在作案可能的地方都查了一遍，但没抓到任何嫌疑犯。

“到底是谁从历史的箭袋中拿出了箭矢，”区长始终在问自己，“他为何这样做？”

调查持续了几天，仍然毫无进展。但有一点是肯定的，人与人之间充斥着冷漠与敌意，民众对政府和法律极端不信任。既然现实世界无法满足民众对真理的渴望，那么某种神秘力量必会将未知的真相呈现在众人面前。

“别忘了古堡。”圣徒拉曼丹说。人们不会忘记矗立在地窖上方的那座古堡。

“古时候，”拉曼丹继续说，“这里都是手执弓箭之人。某种神秘力量指派幽灵来保护这个惨遭蹂躏的街区，也并非不可能。”听到消息后，民众议论纷纷。恰在此时，产婆乌姆·巴希玛斩钉截铁地说，某天晚上，她替产妇接生完回家，路过地窖时，看到一个身影沿着古城墙溜走了。

区长认为罪犯也许就躲藏在古堡中。于是，他召集了几名考古学家和警察，一起进古堡搜寻疑犯的下落。他们从大门进出，展开地毯式搜索。可惜，除了一堆石头和蜘蛛，毫无线索。

区长一字一句地公布了此次搜寻的结果，并警告大家不要被迷信所惑。

人们你看看我，我看看你。

“放着圣徒拉曼丹和好人希特·巴希玛的话不听，却要相信这帮人吗？”大家疑惑地问道。

纳姆拉的预言

先知的生辰，一个能带来幸运的夜晚，哈拉克拄着拐杖离开地窖，在身后留下一串笃笃声。

“真主仁慈，慷慨善良的人们！”他用柔弱但坚定的声音说着。

在去广场的路上，哈拉克被街区的疯子纳姆拉拦在了喷泉边。

“好消息，哈拉克。”疯子大喊，他的声音就像刚学会说话的人一样。

“这是个欢乐的夜晚，”乞丐哈拉克回答，“请不要再取笑我了！”

“我没取笑你，对英雄来说，这是个好消息。”

疯子坚持说下去。

“人们会将你团团围住，当权者会亲自来看你！”

听到预言的人们哈哈大笑。连区长也来凑热闹。

“所以哈拉克时来运转啦，”他轻声说，“他要登上统治者的宝座了！”

然而，当天晚上，哈拉克突然在一个街角倒地而亡，当时，那里挤满了参加庆祝的人群。是被意外撞死，还是被人群踩死的？只有真主才知道真相。

人们围绕在尸体四周看热闹，不久，官员们也逐一现身，有警官、检察长和政府医生。

区长搓着双手站在一边。

“你是真正的圣人，纳姆拉。”他说，“你的预言实现了。这是奇迹。”

博斯·萨克尔的末日

那个夜晚，现实犹如梦境。七十岁的老新郎博斯·萨克尔与二十岁的新娘哈米拉，准备在二楼的房间度过新婚蜜月的第一晚。而他的首任妻子，他的孩子们的母亲，则和儿子拉贾布一起安静地待在一楼。母子俩心情都很郁闷，只能互相排遣。母亲承受着巨大的心理压力，处于崩溃的边缘，拉贾布则满脸怒容。

“难以置信！”拉贾布凝视着天花板说。

“最近，难以置信的东西太多了。”年迈的母亲回答。

“混乱即将来临。”

“真主保佑，愿他还能留有一丝理智。”

“所有钱都在他卧室的保险柜里，这点最可怕。”

“他还有五个女儿和一个儿子要养活，他永远不会忘记自己作为父亲的责任。”

“真的很抱歉，”拉贾布愤怒地大声说道，“我什么手艺也不会，没法出去工作。”

“你是他唯一的儿子，”母亲回答，“他不想给你增加负担。”

“如果他真的在乎我，”拉贾布说，“就不会把这个贪婪的女孩娶进家门，如今，我的命运全在她的一念之间。”

“切忌怒火攻心，否则输的就是咱们。”

“我们必须做点什么。”

“仔细想想。希望还是有的。”

小伙子思忖了一会儿。

“让他把我、姐妹们和你应得的资产提前分给我们。”

“提议倒是合乎情理，但他肯定会发怒。”

“如果怕了，我们就输定了。”

“我们必须谨慎行事，否则倒霉的可是你我二人。”

曾经，他们也是一对幸福的父子。拉贾布是父亲的掌上明珠。他简直被宠坏了，不学无术，身无所长，连工作都找不到。父亲房中的保险柜是他仅有的依靠。可惜，如今保险柜却被新嫁进门的女孩夺走了。他的希望彻底落空了。

拉贾布只好去找区长倾诉内心的痛苦。区长是父亲的老朋友，拉贾布一直很敬重这位长辈，所以想让他替自己筹谋筹谋。

“很抱歉来打扰您，”拉贾布对区长说，“但您还是亲自去和我父亲谈谈为好。”

“为了邻里间的和睦以及我俩的情谊，”区长回答，“本人必会尽最大努力。愿真主保佑我此行成功！”

周五祈祷结束后，区长将博斯叫到一边，给他提了许多建议，告诉他怎样做才是公平且正确的。博斯勃然大怒。

“我还没咽气呢，他们就开始惦记我的财产了？”博斯大喊，“简直和魔鬼一样恶毒！”

拉贾布以为父亲会把自己叫过去臭骂一顿。但父亲却不搭理他，完全当他不存在。拉贾布深感不安；恐惧时刻伴随着他，日日夜夜无休无止。拉贾布决定主动出击，捍卫母亲、姐妹们和自己的权利。他正在思索该做点什么，意外发生了。

一天，博斯·萨克尔去参加周年庆派对，回家后发现房子和保险箱里的东西都被搬空了。很快，消息不胫而走，原来，新娘和她的表兄私奔了。朋友和邻居们立刻外出寻找，谁知博斯急怒攻心，竟昏死了过去，大家闻讯后又立刻赶了回来。

“他这是要丢下我们，让我们自生自灭了。”拉贾布对母亲耳语道。

“我们必须照顾好他，”母亲说，“剩下的就交给真主裁决吧！”

如今的博斯处于半昏迷状态，无法再为曾经的错事后悔了。某天，在他清醒的时刻，博斯认出了妻子和孩子们。妻子看出他想说话，立刻把耳朵凑到丈夫的嘴边。

“浴室上方。”博斯轻声说。

博斯去世了，几天后，家里才恢复以往的平

静。所有人都在琢磨这位老人为何会在将死之时提到浴室上方的阁楼。

拉贾布决定照父亲的话做，看看阁楼里究竟有什么。他拿着汽油灯爬上木梯。阁楼里到处都是蜘蛛网，老鼠见到人影立马逃之夭夭。拉贾布在黑暗中急切地搜寻着，突然，一个不知在宁静中沉睡了多久的木箱猛地出现在他眼前。

原来，里面装满了闪闪发光的金币。

厄运

哈桑·塔汗结过三次婚，新娘全是当地人，但她们都在怀孕后死去，没给他留下一儿半女。从此，他成了大家口中的“不幸之人”。后来，他又和第四个女孩订婚，但婚礼还未举行，女孩就去世了。这下，哈桑成了名副其实的倒霉鬼，“不幸之人”的外号也叫得更响了。哈桑心灰意冷，他想一走了之，想做个避世的苦行僧。家人鼓励他不要放弃，让他坚持下去。

“结果好，就是一切都好！”他们说。

哈桑采纳了家人的建议，他又尝试过一两次，但女孩家总是门户紧锁，对他不理不睬。尽管哈桑家境殷实，身份高贵，但大家依旧视他为不祥之人。深受打击的哈桑开始了避世的独居生活，他悲观厌世，身边一个朋友都没有，做起生意来也无精打采。

就在这时，哈桑家迎来了一位新成员，她叫素恩布拉，是哈桑母亲的私人女仆。老太太年纪大了，常常精力不济，行动也不方便。素恩布拉已接近青春期，但总是浑身脏兮兮的，而且家境贫寒。她妈妈靠卖酱菜为生，如今已经去世。哈桑的母亲很同情素恩布拉母女。和对待其他女仆一样，为把素恩布拉培养成更好的女孩，哈桑的母亲经常敦促她注意个人卫生，并用拐杖纠正她的站姿。把“电线杆”变成漂亮新娘是不可能的，但素恩布拉的生命之花却开始绽放。她学会了梳头发，而且开始学习一些更重要的东西。

虽然她既不漂亮，也无魅力，但不幸的哈桑还是注意到了她；他觉得这个女孩身上有种奇特的暖意。每次招呼她过来，素恩布拉都毫不犹豫地服从命令。刚开始，哈桑也许激情满满，事后他的心里却只有厌恶。回顾自己之前遭受的折磨与痛苦，哈桑被这种持续而来且越发强烈的厌恶之感震慑住了。

“没有美貌，”他自言自语，“没有钱，没有道德观念。”

很长一段时间里，他们的关系仍然持续着，但随着时间慢慢流逝，哈桑注意到了素恩布拉的变化。她的表情不再呆滞，眼神中尽是忧伤；她好像明白了哈桑为何一度愿意接近她，最后却又厌恶地离开。在素恩布拉面前，哈桑好像无所遁形，这让他很伤心。每当哈桑示意她过来，素恩布拉都置若罔闻，相反，她会逃到哈桑母亲的屋里，避免与他见面。

“所以，连害虫也有骄傲！”哈桑对自己说。

素恩布拉的拒绝惹怒了他。

后来哈桑才发觉，在这些日子里，母亲教会了她很多东西。哈桑惊讶地发现，她居然也开始祈祷和斋戒了。

那天，哈桑拽住素恩布拉的手，强行将她拉到自己面前。

“我的痛苦已经够深重了。”她一边避开哈桑的纠缠，一边对他说。

哈桑这才知道他俩处于同样的境遇之中。

“我也是，”他告诉素恩布拉，“我们需要相互扶持。”

人生如戏

我去拜访阿里·扎伊丹，恭贺他升职，事业更上一层楼。

“我满心懊悔，”他说，“愿真主宽恕我的所作所为。”

“这句话我已经听过好多遍了。”我用怀疑的口气说。

“但这次，”他看上去信心十足，“我可是下定决心了。”

“难道是哪家公司倒闭了，还是有同事联合起来算计你？”

“不，没有任何缘由。它是突然降临的，一下就把我征服了。所以我才说它强大。我要告别腐化堕落，开始新的人生。”

当阿里·扎伊丹从狂热的自我催眠中醒转过来时，蓦然发现自己已经五十多岁了，既没挣下可靠的家产，事业更是陷入泥淖，再无回旋余地，他已经成了彻头彻尾的社会边缘人。从此，扎伊丹便经常找我聊天，借以重新认识世界，回归普通人的生活。

在饱受焦虑困扰、难以自拔时，扎伊丹曾告诉过我：“我这辈子在赌桌上输掉的最宝贵的东西，不是钱，而是生活。”

“生活从六十岁开始。”我安慰他。

“我想结婚。”扎伊丹极其认真地说。

“无论什么年纪，都能找到适合自己的另一半。”我说。

“我已经和我妹妹阿弗卡说过了，因为她总是最先敦促我结婚的人。但我想要的是真正意义上的婚姻。”

“什么意思？”

“我要的不是被香料商甩掉的残花败柳！我要找一位年轻的处女当新娘，她要有姣好的面容，还得受过教育。”

“现在结婚相当费钱。”我开诚布公地说。

“可以提前订婚约，我的收入还算不错。”扎伊丹用轻蔑的口吻说。

“那就好办多了。你有心仪的对象吗？”

“我没时间谈恋爱。”扎伊丹大笑着回答，笑容中含有一丝苦涩。

于是，为扎伊丹物色配偶的任务就落在了阿弗卡·哈奈姆和我的身上。我们经常在公共场合谈论扎伊丹的社会地位和收入水平；这当然会引起旁听者的兴趣。但只要提到他的工作，对方就会眉毛上扬，接着便沉下脸来。阿里·扎伊丹果真成了“赌徒”的同义词，无论何时说出他的大名，那两个字都会飘入你的耳朵。我终于意识到，对某些人而言，偷窃行贿可以容忍，而赌博却是万万不可沾染。

我必须把这件事告诉我的朋友扎伊丹。他听后悲伤又遗憾，我甚至觉得他衰老的速度都比之前加快了一倍。

“我必须结婚，必须当上父亲，否则死不瞑目。”他对我的话产生了质疑。

“不用那么绝望。”我亲切地说道。

“我还可以向别人求助。我找过谢赫拉比卜，他可以预知未来。”

我不禁大笑起来。

“你居然相信那种人。”我说。

“绝望会使人做出更糟糕的事。”扎伊丹叹了口气。

拉比卜的话果然灵验。街区名声最臭的女人希特·达拉尔听说了扎伊丹的事。她有个二十岁的女儿，相貌美丽，举止风骚，为全街区的人所不齿。希特·达拉尔决定把我这个没人要的朋友收入囊中。她不顾风言风语，也不在乎别人的讽刺与嘲笑，执意让漂亮的苏阿德投入这个老男人的怀抱。而已被愤怒和绝望折磨得够呛的扎伊丹竟也来者不拒，心甘情愿坠入了希特·达拉尔编织的金色陷阱。为爱情而置亲情和友情于不顾，扎伊丹的故事成了街区上最精彩的传奇。

“我绝不让任何人毁了我的幸福。”扎伊丹没来由地大笑起来。“如今，机遇从天而降。”他抓住我的手，继续说道，“你还愿意和我做朋友，我很感激。一旦做出选择，就要贯彻到底。希望你也能做到这点。”

许多年过去了，阿里·扎伊丹有了一个儿子和两个女儿。在孩子和妻子的陪伴下，退休后的贫苦生活也能安然度过。身边有了精神支柱，便再也无所畏惧。他们家在街区相当出名。每当遭遇困难，扎伊丹总会说：“在赌桌上，我仍然是输家。”

谢赫恰夫的祈祷

乌玛伊拉·阿尔－阿伊克被谋杀了。

希弗尼·阿尔－拉伊克被指控为杀人犯。

阿尔－扎伊尼、奇布利塔和法伊克是目击证人，一起出庭做证。

希弗尼·阿尔－拉伊克对自己犯有杀人罪供认不讳。人们觉得不可思议，受害者体形庞大，而凶手却身形娇小。

“他猛地扑向我，”希弗尼说，“但我躲开了。我朝他扔石头，把他砸死了。”

那些不相信命运的人听信了希弗尼的话。尽管被害人身上还存在诸多疑点，但大家认为案件已经终结，只等法官宣判了。

可惜，流言蜚语总是无法断绝，没人知道谁是始作俑者。流言能传播焦虑与不安，还能揭开深藏已久的秘密。它是味道浓烈的气体，终有一天会弥漫至整个街区。比如下面这条，隐蔽晦暗，简洁明了：阿尔－拉伊克不是凶手；阿尔－扎伊尼、奇布利塔和法伊克在做假证。阿尔－拉伊克故意栽赃自己，就像民谣里唱的那样。

“你听到那些关于谋杀案的传言了吗？”伊玛目问区长。

“街区的传言就没断过。”区长皱着眉说。

一天，区长偷偷去找谢赫恰夫，他专门替人祈祷算命。

“街区的人都来找你算命解惑，”区长对谢赫说，“你知道许多我们不知道的事。”

“无所不知的人是值得称颂的！”自从与一位女鬼义结金兰后，谢赫的声音就变得女里女气。

“是谁杀了乌玛伊拉·阿尔－阿伊克？”区长问，他死死盯住谢赫，犀利的眼神仿佛抵达了对方的灵魂深处。

“哦，汝等听我言，不要问我那样的事，答案一旦揭晓，你会深受其扰。真相是属于真主的，你无权知晓。”

“到底是谁杀了乌玛伊拉·阿尔－阿伊克？”区长一字一顿地问。

“你想到谁就是谁。”谢赫悲伤地回答。

区长把手杖握得更紧了，他一句话也没说，起身准备离开。

“你没问我你应该怎么做，”谢赫恰夫说，“因此，我乐意宽恕你。”

区长依然沉默。他先和谢赫握了握手，接着朝门口走去。

“我愿意永远向真主祈祷，”谢赫从未像现在这样热情过，“希望我们可以再次相见。”

我们的父亲伊格瓦

他的朋友和同龄人早已死去多年，只有他还孤单地活在这世上。他叫伊格瓦，是位制造长矛的工匠。他的儿子里唯有已经八十多岁的安瓦尔还在世。父子俩一起住在地窖附近的一栋旧房子里。有很长一段时间，他们谁都不搭理谁；父子俩和陌生人差不多，只是相互瞪着对方。但安瓦尔患有腿疾，每隔几天就要出去散步，而且必须有人搀扶。所以，伊格瓦会用胳膊扶着儿子，领着他从地窖走到喷泉。每到这时，都会有人惊讶地观望。

伊格瓦越来越消瘦，牙齿掉光了，视觉和听

觉也退化得厉害，离瞎子和聋子只有一步之遥。但他依然能咀嚼食物，能逗人发笑；有时，还能惹怒对方。

“对伊格瓦这种寿星而言，青春还真是无极限啊！”

那天，街区要拍卖基金会的废旧资产。这可是值得铭记的日子。

伊格瓦的儿子安瓦尔病倒了，只好卧床不出。

但制矛工匠伊格瓦却拎着小箱子出现在拍卖会现场，令所有人大跌眼镜。

打算参与地皮竞价的区长也控制不住内心的惊讶之情。他睁大眼睛瞪着伊格瓦。

“你难道不应该留在家照顾生病的儿子吗？”他问。

“有人替我照顾他，不必担心。”伊格瓦语气坚定地回答。

“你为何不把地皮留给别人？”区长生气地问，“这样他就能像其他人一样获得利润了。”

“明天，我会和一位建筑承包商签订协议，”伊格瓦说，“一年之内我就能获利，其他人也能跟着沾光。”

星星的私语

他大叫着从洒水车后面跑过去，淋湿了赤裸的双脚。祖母在喷泉边抓到他，立刻将他拥入怀中。

“你总是追赶那些危险的东西。”她说。

祖母在这边念念有词，满口是“以真主的名义”，而孙子却在大声反抗。区长注意到他们，于是走了过来。

“希特·法尔加，”区长对祖母说，“让他远离那些危险的东西。”

“恶言就是恶言，永远让我们不得安生。”祖母气愤地回答。

“但在你这里，他能得到最好的教育。”

“那些用恶语中伤我们的家伙才没有同情心呢。总有一天，他会知道父母的悲惨遭遇。”

“这个街区永远不会改变，”区长悲伤地说，“你为何不带他去别处定居呢？那里没有回忆的羁绊。”

女人闭上目光呆滞的双眼。“离开街区，我们能去哪儿？又要如何生活？”

“好吧，希特·法尔加，”区长说，“一切都是命运的安排！”

“没错，都是仁慈悲悯的真主的安排！”

谢赫巴舍尔走出清真寺，打算呼吸点新鲜空气。法尔加看到他，立刻带着满心怒气的孙子走上前去。

“谢赫巴舍尔，”她说，“拿上我孙子的瓜皮帽，告诉我他未来的命运。”

“我永远也忘不了他父亲的种种高尚品德，”谢赫回答，“以及关于他的美好记忆。我愿意随时帮助你，希特·法尔加。”

谢赫闻闻瓜皮帽，用手抚摸着男孩的头。

“我只能看到云彩。”他说。

“什么意思？”法尔加警觉地问。

“我只看到了云彩。就这样。”

“没错，我知道你不想让我担心。”

“当然不想！你已经意识到了危险。你应该小心谨慎才对。”

法尔加虽然不高兴，还是带着孙子离开了。

区长找到谢赫巴舍尔。

“说点安慰她的话对你有什么坏处？”区长问。

“我们也许可以挑好听的说，”巴舍尔回答，“但绝不能撒谎。当初，我将实情告诉男孩的亡父卡德里，可惜他充耳不闻。然后，就出事了。”

区长瞪着他，心底焦虑万分。

“到底怎么回事？”他问。

“您还记得那天下午吗？”谢赫巴舍尔说，“一位诗人突然出现在大家面前，他是当地人，年轻帅气，擅长弹奏雷贝克琴。小伙子唱道：

“‘爱人们已经离开床榻……’

“人们热烈欢迎他的到来，没过多久，咖啡馆老板就邀请他晚上去店里演出。他的歌声令大家如痴如醉，美妙的旋律抓住了听众的心。小伙子继续唱着，街区的所有人都被感动了，心中充满喜悦之情。而我却觉察到了某些不对劲。因此，我特意在外面等博斯·卡德里，然后拦住他的去路。

“猎鹰是不会放过小鸡的。我对他说。

“卡德里毫不在意。也许，他认为我在向他要钱。于是，这位慷慨的小伙子便仗义疏财。”

“他没问你这句话是什么意思？”区长说。

“不，他好像没往心里去。”

“你为何不把话挑明了？”

“我们不能越界。否则会惹怒真主！”

“后来怎么样了？”

“这位情歌王子消失了，老富商的妻子希特·巴德瑞雅抛下一岁的孩子，跟他一起走了。消息传来，市民无不震惊，那位令人敬畏的老商人被气得倒地而亡。”

随着时间的推移，事情慢慢平息了。

“也许男孩还没来得及复仇，那对夫妻就去世了。”区长说。

“这种事只有真主说得准。”

“你对祖母说你看到了云，那是什么意思？”

“我们所知的是不确定的，诱惑无处不在。真主是无所不知的，一切都应由他来裁决。”

深夜秘闻

天将破晓，他回到街区。整个街区仿佛紧紧地闭上了眼睛，一切都在熟睡中。四周昏暗，唯有他的影子左摇右晃，摆动不止。男人小心翼翼地走着，进入了一片田地。空气中突然飘来奇特的气味。这是哪来的香气？男人开始想入非非了：

“也许，某个女人曾路过这里，她从这边跨到那边，体香固结在空气里，久久不散。我为何会沉浸于这幽暗夜色？孤身一人，指引我的唯有悸动的心跳和未知的命运。”

浓郁的香气颇能刺激人的观感，惹得男人心潮澎湃，难以自持。有那么一阵，男人的脚好像生了根，丝毫动弹不得，但过了一会儿，他便像守夜人似的，开始慢悠悠踱起步来。假若早到几分钟，说不定就能看见暗夜之末的罕见奇观了。或者，压根就是极为普通的东西，和自己的想象相去甚远。

即便如此，男人也愿意极尽所能发挥想象力，在深夜来一场自娱自乐的冒险之旅。他期待自己发现街区的秘密，那些隐藏在虔诚信仰和正直面孔下的秘密。无论白天或黑夜，只要有女人经过，他便记起那晚的奇遇，然后凑到近前嗅嗅，可惜总是失望而归。但男人不愿放弃，再见到女人，他还会冲上去的。

沙齐昆

沙齐昆离开街区很久了，久到他已经忘记自己是何时离开的。没人知道他离开过，所有关于他的消息都被切断了。沙齐昆的家人早已去世，唯有一个患了痴呆症的老者还活着。沙齐昆满怀自信地站在街头，一边左右张望，一边向真主祷告，为人们祈福。

“他什么时候变成圣人了？”大家惊讶地问，“难道他是真主选中的人？”

沙齐昆成功吸引了当地居民的注意，他给大家带去很多欢乐。街区的精英阶层对他冷漠又戒备，但就是不愿出手干涉。

如今，沙齐昆扩大了自己的“业务范围”，开始涉足未知领域，他为人治病，替受苦者排忧解难。集会那天，沙齐昆站到了动物的饲料槽边。

“在明天日落前，”他使出浑身力气喊道，“所有人都要学会面对内心的焦虑。”

临近傍晚，向沙齐昆寻求救赎的人越来越多，整个街区都被填满了。所有人都怀着相同的信念。

“他父亲必定是个诚实的人。”

“肯定会有奇迹发生。”

沙齐昆从咖啡馆走来，周围全是他的崇拜者。

他打量了下人群，并未被这大阵仗吓到。

沙齐昆举起手，人们立刻安静下来。

“在奇迹降临之前，”他说，“先倾听圣人之言。”

大家立刻兴奋起来，开始赞扬真主，接着，

满怀希冀与期待的宁静便降临了。

突然，区长领着几个人从灌木丛中冲出来。他们来到沙齐昆跟前，其中两个立刻跑过去抓住他，剩余的负责给他穿衣服。那是精神病人的专用服装。

“你真是个烦人的家伙！”区长说。

风暴

太阳高悬天际，温和宁静的一天。但风暴就这样降临了。

“我的心总在警告我，”谢赫巴希亚平白无故地说，“灾难即将来临。”

突然，我们听到了轻微的呜呜声，它始终在持续，没有一丝一毫的间歇。这东西仿佛在积蓄能量，声音忽高忽低，但没过多久，声波越来越强劲，愈发猛烈的沙尘暴开始袭击街区的每个角落，到处都是震耳欲聋的回响，仿佛野兽在咆哮。

人们开始大喊：“哦，真主，发发慈悲，宽恕我们的罪行吧！”

但此时此刻，沙尘暴已升级为飓风，尘土漫天漫地铺卷而来，整个世界都更换了色彩。所谓飓风当道，万物臣服。容器、笼子、鸡，所有东西统统飞出屋顶，门窗发疯似的摇晃。哭声喊声汇成一团。猫叫声、狗吠声、驴嘶声融为一体。混乱每分钟都会升级，扩大。

声音逃离了原有的束缚：

“今天必定是审判日。”

“没有房子可以屹立不倒。”

“这是撒旦的现身。”

大自然恣意释放着威力，人们惊得目瞪口呆，看来，世界末日就在眼前了。区长同样惊恐万分。为了获取自我满足感，证明自己工作做得到位，他开始大喊大叫，指挥市民做好防御工作，可惜风声太大，谁也听不见他在说什么：

“关闭店铺！关闭门窗！禁止上街！”

区长来到清真寺的庭院里，他和伊玛目面面相觑，眼中尽是绝望。

“你要怎么做，区长？”一位逃到清真寺避难的市民问他。

“风暴停止就继续工作。”区长生气地回答。

“我们之前从未遭遇过这等惨剧。”

“刮风又不是我的责任。”区长说。

大家想象了很多种可能性。伤心的泪水汩汩涌出，止都止不住。有人急于分享内心的秘密，开始为大家讲述自己昨天做过的梦。外面的风越刮越猛了。另一个人已经濒临崩溃，他高声大喊，说“我们应该忘记梦境”。因为此时此刻，现实才是首要的。

风暴到日落时分才平息，有人却说一直持续

至夜幕降临。它来得神秘，去得也神秘——没人能摸清自然的脉络。仁慈的真主啊！世界再次恢复了宁静，好像在为此忏悔一般。窗内有灯光了，街角也亮起来了，这是生命的喧闹。整个街区发出了一声巨大的、长长的叹息，所有人都在为自己的境遇而哀痛。

“失去的已然失去了，”谢赫巴希亚边抽泣边说，“一切还能重建。”

区长气得要命。

“都悲伤够了吧！”他喊道，“所有人都哭够了。”

但生活依旧充满绝望。抢劫、偷窃，各种治安犯罪层出不穷。街区成了声名狼藉的地方。

眼看着匪患一日重似一日，区长难免心急如焚。据目击者称，这些盗匪都是从阴沟、洞穴和某些意想不到的地方爬出来的。由于人数太多，分布太集中，甚至到了遮天蔽日的地步。他们趁风暴肆虐的时候作案；事实上有人宣称，所谓风暴就是这些人搞出来的，他们神通广大，可以让风暴自由来去。

这番言论在街区上引起了骚动，人们又一次陷入巨大的悲伤中。就连谢赫巴希亚和区长也不例外。他们俩总算站在同一阵营了。

几个身穿白衣的人聚集在古堡门口。他们轻声耳语，在黑暗中相互握手，坚定又焦躁地等待黎明的到来。

尖叫

某天中午，街区突然传来响亮的尖叫声，这声音含着血腥气，如同尸骨被撕裂了一般。尖叫声仍在持续，人们冲向希特·阿迪莉亚的家。所有人都在喊，响声交织错乱；场面混乱不堪。可是，骚乱并未持续很久；响声越来越弱，直到完全停止。宁静降临了，一丝声响都没有。突然，一个声音宣布了事件的结束。消息如野火般迅速传遍整个街区：中午刚办完离婚手续的卡米拉，一个可爱的女孩，居然把汽油倒在衣服上，自焚而亡了。

“受真主诅咒的魔鬼啊！”乌姆·厄尔万说

道。她是卡米拉的姨妈希特·阿迪莉亚的邻居。“谁能相信自己的眼睛？谁能相信卡米拉会自焚而亡？她是多么可爱的女孩啊！从十岁开始，她就是个听话的姑娘，别人让她做什么，她都不会推辞。几个月之前，她才刚刚度过新婚之夜……亲爱的卡米拉，难道还有比你更应该活下去的女人吗？”

女孩的姨妈希特·阿迪莉亚擦干眼泪。

“你的尖叫声，你那被烈火摧毁的容颜是我心底永远的烙印，”她说，“愿真主替你报复扎伊德·阿尔－费齐，那个可憎的暴君，他的心早已化作岩石。这个无辜的女孩究竟做了什么，被男人害得如此之惨，甚至还要跟她离婚？真主会惩罚你的，扎伊德！”

消息传到博斯·扎伊德·阿尔－费齐那里，

他缄默不语。事实上，女孩的自杀令他深受打击，伤心不已，他的大脑一片空白。有那么一刻，他甚至开始厌倦、鄙视生命。但不久，他便克服了悲伤。

“如果我得知了大家已经知晓的真相，”他问自己，“我该怎么做？”他的岳母开有一家妓院，这点人尽皆知。她并不像姨妈希特·阿迪莉亚说的那样，嫁给了一个摩洛哥人，与他远走他乡，将女儿卡米拉留给自己的姐妹照顾。“亲戚们问东问西，朋友们建议我小心谨慎，切勿败坏了声誉，做出对生意有损的事。我每次问到岳母的事，她们都说自己一无所知。”

“我们是正经人家，”希特·阿迪莉亚告诉他，“我们没骗你。”

对卡米拉而言，这个消息如同五雷轰顶。“我不相信，”她哭着说，“母亲是正经女人。在真主面前，没人敢说谎！”

“我能怎么办？我母亲说她已经确认了，卡米拉一家是骗子，他们只想得到我的钱。我被说服了。为了维护自身名誉，我不得不大发雷霆，像野兽一样咆哮，坚持和妻子离了婚。如今，她自杀身亡……卡米拉没说谎。她的确不知道她母亲的事。善良正直的谢赫哈桑·阿布·阿尔－马卡里姆是唯一知道秘密的人。一切都是真主的旨意。”

没错，这位教授阿拉伯语的老师阿布·阿尔－马卡里姆的确是始作俑者。就是他把消息带回街区的，并且想方设法让毫不知情的扎伊德·阿尔－费齐听到。做这个决定并不容易，谢赫经过了长期的心理斗争，他必须说服自己，必须对得起自己的良心。我知道，谢赫是想捍卫真理，以原则（远远偏离了他的本心和欲望）为基准做出判断。得知女孩自杀后，谢赫惊得目瞪口呆，甚至有种灵魂脱壳的感觉。他觉得好像有人在追自己，心里满是慌乱。

“怎么会这样，”他质问自己，“因绝望而犯下的最严重的罪孽，竟然是让如此可爱的女孩葬身于火海？”

心底的压抑激发了谢赫阿布·阿尔－马卡里姆深藏于脑海的记忆。

那是他俩第一次见面，卡米拉陪同姨妈去希特·乌姆·哈纳菲家做客。谢赫居住的房子就是哈纳菲的。她注意到了谢赫行为举止方面的变化，明白了他那质朴单纯的天性。

“你喜欢卡米拉？”客人走后，哈纳菲立刻问道。

“她是珍贵的人间天使！”谢赫大笑着回答。

“倘若谁能替单身男女做媒，让他们结为夫妻，那可真够幸运的。”哈纳菲说。

谢赫劝她少安毋躁，自己还须准备妥帖才行。

但哈纳菲可等不及，她把谢赫的名字给了卡米拉的姨妈希特·阿迪莉亚。看来，事情会按正常的轨迹发展下去。

这时，谢赫想起人们曾建议他查清所有细节后再做决定。因此，他推迟了订婚。就在等待期间，扎伊德·阿尔－费齐突然向希特·阿迪莉亚毛遂自荐，夸耀自己财力雄厚，家境殷实。最终，阿迪莉亚放弃了犹豫不决的谢赫，将卡米拉嫁给了扎伊德·阿尔－费齐。

谢赫阿布·阿尔－马卡里姆伤心欲绝；眼前的世界已然失去光彩，到处漆黑一片。他被侮辱了，他的尊严受到了践踏。

“他们抛弃了我，”谢赫对乌姆·哈纳菲说，“好像我一文不值似的。”

“你等得太久了，”她安慰他，“一切都是命中注定。”

直到此刻，这位清洁工才告诉谢赫有关卡米拉母亲的惊人秘密。

震惊之余，谢赫突然觉察到了心中的异样情绪，但他立刻就将其压制下去了。谢赫思考着接下来的行动。

“让我们根据真理与正确的道德观念做出裁决吧。”谢赫告诉自己，“发生的已然发生，结果无法改变。”

阿布·阿尔－马卡里姆被吓坏了，他想逃走。但往哪儿逃呢？到处都是人间地狱，躲得了初一，躲不过十五。最终谢赫发现，只有模仿那个可爱女孩遭受折磨时的惨叫声才能获得一丝心理安慰。

乌姆·哈纳菲可以做证，谢赫很久很久之前就疯了。

命运

事情究竟发生于何时，没人说得准。目击者们各有说辞。时间已陷入混乱。这是水贩阿姆·希夫尼的陈述：“我去糕点铺买加了植物油的蜂蜜蛋糕。他拿出生面团，先用擀面杖将其压扁，再用手掌把表面弄平滑。突然，他停下手里的活儿，开始暗自垂泪。我简直惊呆了，忙问出了什么事，我是否帮得上忙。而他只是哭个不停，一边痛苦地扭绞双手，一边低声啜泣。糕点铺门口聚集了许多看热闹的人，最后，他哭着被家人带走了。”

再听听卖泡菜的女人是怎么说的：

“希特·乌姆·阿里拿着碗来到我的摊上，打算买些泡菜回去。前一秒钟，她还指着黄瓜和沙拉三明治问这问那，谁知后一秒，她却突然停下动作，连表情都僵硬了。接着，希特开始痛哭，而且越哭越厉害，越哭越止不住。我吓得要命，浑身动弹不得；我担心自己做了什么让她不安的事。看热闹的人越聚越多，希特的丈夫闻讯立刻从商铺跑来，把妻子带回了家。剩下的人你看看我，我看看你，俱是一脸惊讶。”

相似的事件越冒越多，目击者的描述也越发生动详细。受害者男女皆有。消息传到区长的耳朵里，他大发雷霆。

“这帮家伙就会造谣生事。”他说。

谁知，他恰好看到一名守卫情绪崩溃，泪流满面。于是，区长立刻改变态度，匆忙得出了以下结论。

“此地将有灾难降临。”他告诉伊玛目，“灾祸一旦横行，将永无止境。”

“洗热水澡、喝冷饮可以止住哭泣，民众都是这么做的。”伊玛目回答。

专门侍候洗澡的仆人乌姆·哈尼雅刚好在附近。

“举行驱魔仪式是唯一的办法。”她插嘴道。

“难道是鬼怪作祟？”伊玛目问。

“没人会平白无故地哭泣，”她说，“除非被魔鬼附体；如果这样，只有举行驱魔仪式才能将恶鬼赶走。”

“我不信这里的所有人都会被魔鬼附身。”区长斩钉截铁地说，“但我要先将此事告诉卫生督察员。”

区长如约会见督察员，把事情的来龙去脉悉数告知于他。

“这只是您的想象，而非事实。”督察员回答。

区长发誓说，他曾亲眼看到有人无故流泪；所有家庭都受到了波及。第二天早晨，督察员在一名守卫和一名护士的陪伴下来到当地。民众纷纷闻讯而出：

“救救我们吧，大人！”人们高声喊道。

督察员怒视着人群。突然，他发现人们全都泪眼汪汪，啜泣不止，愤怒顿时化作了震惊。

“最近是否发生过什么事，让民众伤心不已？”督察员问区长。

“没有啊，先生，什么都没发生。日子还跟从前一样过，有喜悦也有悲伤。”

督察员开始挨家挨户走访，把整个街区逛了

个遍：所有商店、咖啡馆、喷泉、教授《古兰经》的学校，甚至连动物的饲料槽都没落下；督察员查看了街区所有的驴和骡子，他还长久地凝视着古堡的外墙和地窖。最终，督察员回到区长家，疲惫地坐下来，望着远方出神。突然，聚集在店铺前的人群中传来了乌姆·哈尼雅的声音：

“驱魔！”她大喊着，“那才是唯一的办法，大人。”

“闭嘴，你这个女人！”区长气愤地回应。

区长期待督察员说点什么，可人家偏偏一言不发，而且看上去越来越疲倦。最终，区长认清了事实，督察员快要崩溃了。

马斯特·哈桑也注意到了这件事，他是个音乐家，在当地有一个卡巴莱俱乐部。他向区长建议，打算把督察员带回自己家，让他在喷泉附近放松放松。他会为督察员提供冷饮，准备鲜花。为避免情况进一步恶化，区长欣然接受了音乐家的请求。

于是，督察员被音乐家带走了。人们继续谈论着这场悲剧。

“我敢打赌，督察员肯定会流泪。”一个男人说。

“他也是人，”区长生气地回答，“谁都有被感染的可能。”

然而，音乐家那里却传来了节奏鲜明的敲鼓声和拍手声。对面的邻居从窗户里探出头来。

“他在跳舞！”那位邻居大喊，“世上居然还有这种舞蹈！”

有人在唱：

“命运终将降临……”

他又唱又跳，始终没停下来过。

人们从四面八方赶来，共同聆听音乐家的吟唱。

突然，泪水止住了。

悲伤顿时化作笑声。

古堡里的纳波卡

纳波卡是水贩亚当的幼子。亚当还有另外九个儿子，全都死于一场大瘟疫。亚当向真主发誓，倘若自己能逃过一劫，就把儿子送入当地的清真寺侍奉神灵。为履行诺言，他把七岁的纳波卡交到了清真寺的伊玛目手中。

“在真主的居所侍奉神灵是最好的。”亚当告诉朋友们，“与信徒、祈祷者和宗教研究者做伴，他自会受到神灵之光的照耀，得到真主的保佑。”

纳波卡大部分时间都在清真寺里度过，不常回家，也很少和街区的男孩玩耍。伊玛目十分喜欢他，夸他精力旺盛，为人可靠。如今，快十岁的纳波卡成了孤儿。所有人都知道，他尤其喜欢建在地窖上方的古堡。

“地窖那里的城堡什么时候开放啊？”纳波卡看到路过的人就问。

“通常一年开一次。”大部分人这样回答，“等考古学家来的时候就开了。但现在，那里成了魔鬼的栖息地。”

纳波卡终于满十岁了，伊玛目允许他去父母的墓地祭拜。

“可这个季节不适合去墓地。”伊玛目对纳波卡说。

但纳波卡坚持要去，还借口说这是他一直以来的梦想。谁知他一去就是整整三天。伊玛目心急如焚，认为纳波卡要么是选择了别的人生道路，要么是被事情绊住了。伊玛目向区长表达了内心的焦虑，区长便派卫兵去找寻纳波卡的下落。然而，数小时后，也就是第三天即将过去的时候，男孩从地窖中回来了。他表情严肃，好像压根不知道自己犯了错似的。

“你去哪儿了？”伊玛目生气地问。

“往生者邀请我去做客。”纳波卡冷静地回答，“他们赋予我知识和力量。”

“你疯了吗，纳波卡？”伊玛目满脸疑惑地问，“还是被魔鬼附身了？”

“我以真主的名义向你告别！我要走了。”

“你要去哪儿？”

“我不能再当你的奴仆，你也不再是我的主人。”

“真主会诅咒你的！”伊玛目大喊。

从那时候开始，人们了解到了水贩之子纳波卡的另一面。

这样年幼的孩子居然做出如此厚颜无耻之事，真是连疯子都要汗颜。人们纷纷表示震惊。不仅如此，只要遇到街区的居民，纳波卡就会走上前去质问：

“你真该为自己感到羞耻！”

“你怎能允许自己做出那种事？”

“你不知道你的自尊都是装出来的吗？”

说完这些话，纳波卡还会提到几桩道德或财务方面的丑闻。他总是气愤地大喊大叫。民众十分不解，这些秘闻他究竟是从哪里听说的。纳波卡的所作所为带来了一系列消极后果：点燃了某些人的好奇心，激起了某些人的敌意，搞得整个街区人心惶惶。大家有足够的理由相信，街区被魔鬼袭击了。伊玛目的内心痛苦不堪；从某种程度上来说，他觉得自己要为这场灾难负责。作为受害者之一，伊玛目决定亲自去见纳波卡。

“滚回清真寺去！”伊玛目大喊。

“你才该滚回清真寺去！”男孩的声音比他还大，“那里已经不属于我了。”

伊玛目宣布纳波卡为异教徒。他使尽全力扑向男孩，打算动用武力。然而，纳波卡却将他推开了，他好像从某个未知的地方获得了新的能量。伊玛目失去平衡，跌跌撞撞地后退，身体因恐惧而颤抖着。这时，区长冲了过来。

“快回街区，”伊玛目说，“否则街区的声誉就保不住了。”

“我说的每个字都是真实的。”男孩坚称。

“那也要遵守法律。”区长喊道。

“你们自己都不遵守法律，”男孩回答，他已经疯狂了，“有什么资格要求别人？”

区长怒了，他开始用手杖击打男孩。刚开始，他下手很轻，但男孩根本不理睬他，仍旧待在原地一动不动。区长越打越狠，男孩只是静静地站在那里，人们看着这一切，心中悲痛不已。纳波卡好像更强壮了，可以成功化解棍棒的威力。于是，超脱尘世的神迹就这样发生了。

后来，我又听说了许多关于纳波卡的故事，夸张而零碎。据说，街区爆发了一场奇怪的冲突，所有人都被卷入其间。冲突持续了一整天，直到夜幕降临方才消散。有人称纳波卡被捕了，最后被民众践踏蹂躏至死。然而，往生者们可以证明他还活着。他就在地窖的另一边，而且每踏出一步，身体就会变高，直到头部耸入云霄为止。

如今，人们相信纳波卡依然生活在那座古堡中。

烤炉

灾祸已经发生。阿尤莎和面包店老板的儿子泽恩哈姆私奔了。消息传出后，闲言碎语立刻弥漫了整个街区。每条街道上都有人表示难以置信。

“真主帮帮我们吧！阿姆·朱马，你是多好的人啊，竟会遭此横祸！”

人们口中的阿姆·朱马就是阿尤莎的父亲。他是一家之主，有五个体格健壮的儿子。阿尤莎是他唯一的女儿。命中注定，他会因这个女儿而蒙羞，从此名誉扫地。

丑闻爆出后，默默无闻的阿尤莎成了街区的话题人物。据说，她长得很漂亮，非常迷人。卖辣酱的乌姆·拉迪郑重其事地说：

“她的确漂亮，这点毫无疑问。但她胆子太大了。忽闪忽闪的眼睛脉脉含情，直看到人的心里去。怪不得和她说话时，你会记不得自己说过什么呢。”

阿姆·朱马和他的儿子们备受打击，只顾低头盯着地面。刚得知消息时，他们极度气愤，经常去街区探听消息，希望把阿尤莎找回来。可惜，一切都是徒劳。

“犯错会使人滑向罪恶的深渊。”最终，区长对阿姆·朱马说，“无论如何，失去的已然回不来了。”

阿姆·朱马必须撑住，他还有儿子要照顾。

“就当你们的妹妹死了。”他对儿子们说，“真主自会保佑她。把一切都交给真主吧。”

事情到底是如何发生的，每个人都有自己的想法，但真相并不难猜。男孩把面团放进烤炉，然后将烤好的面包带回家。女孩半路遇到他，对他一见钟情。面包店老板的穷儿子绝不敢主动向布商家的千金示爱；最终，这对爱侣打算私奔。临走前，阿尤莎不仅带走了自己的首饰，还偷了妈妈的珠宝。凡是能找到的东西，她都拿走了。无论跑到哪儿，他们最后肯定会结婚。

那就是阿尤莎和泽恩哈姆的结局。过了很久，阿姆·朱马一家才走出阴霾。生活虽回到正轨，但布匹生意却每况愈下。最终，阿姆宣告破产，打算卖掉自己的房子。

正当此走投无路之际，突然出现一位雪中送炭的陌生信使。

“您的女儿阿尤莎打发我送钱过来。”那个人说，“真主做证，这是她的丈夫泽恩哈姆给您的。”

这位女婿对自己的岳父说，妻子阿尤莎将珠宝卖了，用得来的钱开了家面包店。刚开始经营惨淡，但现在生意好多了。

“瞧见了吗？”区长告诉伊玛目，“女儿回来的正是时候。她的罪过已经赎清了。”

纳吉布·马哈福兹的诺贝尔文学奖获奖演说

女士们，先生们：

首先，我要感谢瑞典学院及其下属的诺贝尔奖委员会，感谢你们对我长久以来的坚持不懈和努力付出报以肯定，同时，希望在座的各位可以耐着性子听完我的演讲。出席颁奖典礼的嘉宾大都不懂阿拉伯语，不过，鉴于阿拉伯语才是真正的幕后赢家，我还是应当在西方文化和文明的绿洲上首次唱响这动听的旋律。我衷心希望这不是最后一次，希望我们国家的写作者也应得享这份荣誉，与各国同道欢聚一堂，正是他们将快乐与智慧播撒在这个为悲哀所笼罩的世界中。

在开罗，一位外国记者告诉我，当我的名字出现在诺奖提名名单上时，所有人都沉默了，因为大家根本不知道我是谁。那么，就请允许我极尽客观地做一下自我介绍。我的血液中交织着两种文明，而且在某个时期内，这两种文明也曾和谐相融。第一个是诞生于七千年前的古埃及法老文明；第二个是诞生于一千四百年前的伊斯兰文明。在座的各位都是饱学之士，也许我并不需要在此多费唇舌。但既然文学界的好友们齐聚一堂，共享盛事，我不妨做个简单陈述。

我不想谈论古埃及人如何攻城略地，建立帝国。这份荣耀早已消亡殆尽，而且，谢天谢地，在当今社会，侵略行为是为良知所不容的。我也不想谈论古埃及人最初如何确立神祇信仰，从而将良知与道德纳入了人类社会的体系之中。这是段相当长的历史，先知阿肯那顿王的事迹可谓无人不晓。我甚至不想谈论古埃及文明在文学艺术上的成就及其缔造的世界奇观：金字塔、狮身人面像和卡尔纳克神庙。因为即便没机会亲眼看到这壮观景象，大家也读过相关资料，思索过这些庞然大物究竟是如何建成的。

现在，我想以一个故事做开头，引领大家走进古埃及文明，因为我的个人情况决定了我必须当一个讲故事的人。这是记载在纸莎草旧档中的真实事件：法老听说有些姬妾和宫廷中的男人私相授受。按照当时的法律，涉案人员必须全部处死。但法老却让执法人员先调查清楚事件始末。法老告诉臣子们，他必须了解真相，才能做出公正的裁决。

依我看，这位法老的所作所为比建立帝国、营造金字塔更加伟大。这就是文明的重要性，比财富和荣誉更为高贵。如今，古埃及文明已经逝去了——剩下的唯有口耳相传的故事。总有一天，伟大的金字塔也会消失不见。但只要人类还有思考的能力，良知还未泯灭，真理和正义便会永远存在。

至于伊斯兰文明，我不愿谈论在真主的守护下，人类如何践行自由、平等、宽恕的基本准则，让所有人团结一致。我也不愿谈论先知的伟大。因为在某些人心中，先知永远是最伟大的。我不愿谈论伊斯兰帝国是如何扩张领土的，从印度与中国周边到法国边境，成千上万座宣礼塔可以随时随地将虔诚的穆斯林召唤至真主身边，并督促他们秉持善良之心。我甚至不愿谈论伊斯兰文明的博大胸怀，各教派与民族间和睦友爱，此等兼容并蓄之精神可谓超古冠今。

我想以某个戏剧化的场景为切入点，进而概括伊斯兰文明最显著的特征：某次军事行动胜利后，穆斯林军队以释放战俘为条件，向拜占庭索取了众多哲学、医药和数学方面的古希腊典籍。这件事足以证明人类对知识的渴望。索书者信仰真主，而他们索要的书却出自异教文明。

女士们，先生们，命中注定我会诞生在由这两大文明织就的摇篮中，吸吮她们的乳汁，为她们的文学与艺术添砖加瓦。除此之外，我同样受到了灿烂多彩的西方文化的熏陶与滋养。她们赐予我灵感——再加上对倾诉的渴望——我将一切诉诸文字。何其有幸，这些作品能够得到尊敬的瑞典学院的垂青，而我摘得了诺贝尔文学奖的桂冠。感谢命运，允许我把自己的名字、把那些亲手缔造了两大文明的伟人的名字镌刻在这份荣誉簿上。

女士们，先生们，你们可能觉得奇怪：这个来自第三世界国家的人怎么还能安心坐下来创作故事呢？你们猜得不错。第三世界国家大都背负着沉重的债务，人民生活水平低下，几乎到了食不果腹的程度。亚洲洪灾肆虐，非洲饥荒频发。在南非，数百万黑人丧失了最基本的人权，社会好像根本不拿他们当人。而在约旦河西岸和加沙地带，犹太人失去了自古以来的家园，那是他们祖祖辈辈居住过的地方。如今，他们已经采取行动，开始维护人类最根本的权利，那就是回归故里，夺回属于自己的土地。然而这些犹太战士——无论男女、不分老少——的英勇斗争换来的却是毒打和枪杀，家园被摧毁，他们被关进监狱和集中营。在他们周围，共有一亿五千万阿拉伯人悲愤地看着眼前的一切。那里存在着巨大的隐患，唯有热爱公正、渴望获得全方位和平的智者才能担起拯救危局的大任。

没错，来自第三世界的人要如何安下心来创作故事呢？幸运的是，艺术之神是慷慨的，是悲悯的。她既能为幸福的灵魂带来快乐，也能为不幸的灵魂送去慰藉。谁都可以用文学的方式抒发胸臆，倾诉衷肠。

在人类文明发展的这个决定性时刻，我们不能说人类已经摆脱了苦难，这种说法是不可想象的，也是无法接受的。毋庸置疑，人类社会日趋成熟，大国之间必须达成和解。人类正在竭尽所能，消除所有可能导致冲突与毁灭的危险因素。就像科学家们致力于根除工业污染、清洁环境一样，我们知识分子也要不遗余力地净化人类灵魂，避免道德沦丧。让承袭了文明之光的大国及其经济体的领导人们站出来，成为真正的时代焦点，这既是我们的权利，也是职责所在。

古时候，首领只在乎自己的国土。别国都是敌人，是有待征服的对象。除了至上王权和个人荣耀，其余的均不值一提。正是因为如此，许多道德观、理想和价值观都被弃之不顾；剥削压迫大行其道；多少生命无辜枉死。唯有谎言、欺骗、背叛、残忍才能给睿智和伟大正名。而今天，这种观念需要从根本上转变。伟大的、文明的领袖应该具备全球视野，应该心系全人类。发达世界与第三世界本是一家。每个人都要利用毕生所学来促进全人类的发展与进步。在此，我要代表整个第三世界向所谓的大国领导人发出呼吁，我并不觉得这超出了我的责任范围：我们正在遭受苦难，请不要袖手旁观。是该伸出援手的时候了，唯有如此，你们才配得上大国领导人的地位。作为具备优势的一方，你们有责任保护地球上的一草一木，不使其受到伤害，保护人类的利益更是不在话下。我们说得够多了。现在需要行动。消灭盗贼和放高利贷者的时候到了。领导者要为全世界负责。救救在南非受压迫的黑人！救救非洲的饥民！救救生活在枪林弹雨下、整日受折磨的巴勒斯坦人！救救以色列人，不要让伟大的精神遗产被玷污！救救因严苛的经济法而深陷债务危机的人！多想想人类的需求，少在那些很可能已经落后于时代的科学定律上下功夫。

女士们，先生们，我必须请求你们原谅，也许，我的发言让你们颇感不安。但一个来自第三世界的人又能说些什么呢？容器不是会沾染上所盛液体的颜色吗？伟大的奠基者将这里缔造成西方文明的绿洲，有最先进的科学技术、最优秀的文学作品和最高尚的价值观，除了这里，我还能去哪儿诉说全人类的疾苦呢？正如他为了人类的福祉和自我的救赎，甘愿献出丰厚的家产一样，我们，这些第三世界的子民，同样希望受过文明浸淫的各界有能之士可以追随他的脚步，承继他的善举，铭感他的精神，为全人类的发展做出应有的贡献。

女士们，先生们，尽管目前形势非常严峻，但我依然持乐观心态。康德曾说过，善将在另一个世界获得胜利。我不同意他的观点。善每天都在胜利，恶每天都在败退。这是毋庸置疑的：即便野兽与毒虫无所不在，自然灾害频发，恐惧与自私并存，但人类仍能繁衍生息，这不正是善取胜的结果吗？不仅如此，人类还极具创造力，他们建造了国家，征服了外太空，还发明了人权这一概念。由此便能得出两个事实：邪恶不过是个喧闹狂躁的放荡之徒；相较于欢乐，人类对痛苦的记忆更为深刻。埃及伟大的诗人艾布－阿拉－迈阿里说过：

濒死之际的痛苦

要比出生时的欢乐

强烈数百倍

最后，我要再次感谢你们，并求得你们的宽恕。

斯德哥尔摩，一九八八年

纳吉布·马哈福兹手稿

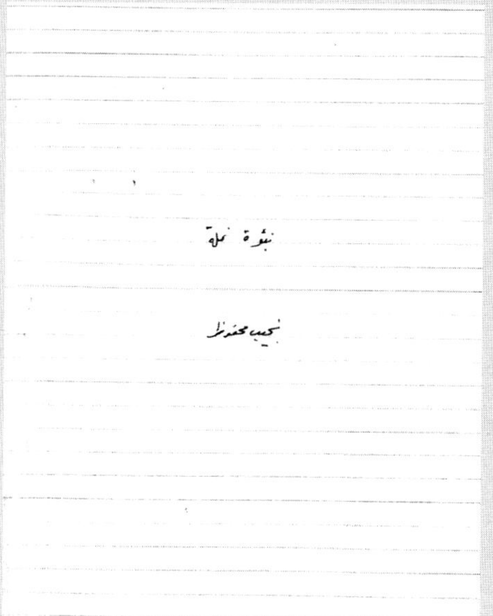

نبؤة نملة

نجيب محفوظ

في ليلة المولد المباركة غادر حمدون القبو يتحسس الأرض بعكازه ويهتف
بصوت ضعيف آمن «حسنة لله يا محسنين». أمام السبيل في طريقه إلى الميدان
اعترضه المجذوب شلبي وقال له بصوته الذي يشبه صوت من يندب ربه من الأعماق
في المرة الأولى «يا حمدون البشر ...» فقال له المتسول
- احتفى بلسانك في ليلة الفرج
وتابع المجذوب قال
- ابشر يا حمدون .. ستحتفل بك الأيام .. ويقبل عليك الحكام ..
وسمع الفتوة من يسمع نصف شوية. وحتى شيخ الحارة همس قائلاً
- جاء دور حمدون ليتعلم درس الكلام ..
في أواخر تلك الليلة سقط حمدون ميتاً في ركن خاص بالمتسولين. أصابته ضربة
خاطفة أم لبس عليه الزحام، الله أعلم ..
وحول جثته تكاثر المشاهدون ثم جاء الحكام تباعاً، الضابط، وكيل النيابة،
الطبيب الشرعي.
وضرب شيخ حارتنا كفاً على كف وقال
- يا لك من ولي صالح يا حمدون .. تنبأت فصدقت البشرى .. ووقعت
المعجزة

همس النجوم

نجيب محفوظ

لقد شاهد عرق الرجل من ساقيه النحيلتين الخاسرتين وهو يجري مهرولاً وراء
العربة، وعند السبيل لحقته جدته فجذبته إليها وأحاطته بذراعيها قائلة

- دائماً تجري وراء ما يؤذيك..

واحتج ماسحاً جبينه ... الجملة فوجد أ... ، ورآها شيخ الحارة فاقترب منها
وهو يقول

- يا ست فرجة الصبي مما يؤذي حقاً..

فقالت العجوز باقتضاب

- لن ترحمنا السنة السود

- كأنه في دارك سيحظى بخير تربية

- لن ترحمنا الألسنة وسوف يعرف ذات يوم مأساة أمه وأبيه..

فقال الرجل بأسف

- حارتنا لا ترحم أحداً، لا تكترث بما هو جديد لا ماضي له فيه؟

فتعلقت عينا المرأة الذابلتان وتمتمت

- إذن وكيف نعيش بعيداً عن حارتنا؟

فقال شيخ الحارة

- إنه هو القدر يا ست فرجة

فهمهمت العجوز

- وربك رحمن رحيم

وخرج الشيخ بشير من الزاوية ليمشي قليلاً في الهواء الطلق فرأته فرجة واتجهت
نحوه دون أن تترك حفيدها الباكي وسلمته إلى الشيخ وقالت

- يا شيخ بشير.. خذ طاقية حفيدك وخبرني عن مستقبله..

فقال الشيخ

- لا أرى في خطوط أبيه الغامرة وذكريات الصبية، ولا في ... مثله
يا أماه يا ست فرجة

وشم الطاقية، ومسح بيده على رأس الصبي ثم قال

- لا أرى إلا خيراً..

فسألت العجوز بقلق

- ماذا يعني هذا؟

- لا أرى إلا خيراً.. ليس عندي ما أضيفه..

- هل عندك ولا تريد أن تصارحني..

- أبداً.. ولكنك تعرفين الخطر، عليك بالحذر!

وزهقت الجدة والحفيد وهما غير راضيين.
وتحول شيخ الحارة نحو الشيخ بشير متسائلا
- ماذا؟ .. يخيل لي أنني سمعت كلمة تغضب الناظر!
فقال الشيخ
- نحن قد نختصر وكأننا لا نأذن .. ولقد قلت للمرحوم [illegible] والد الصبي وكأنه لم يسمع كلامي فحدث ما كان ..
فحدجه شيخ الحارة فجأة باهتمام وسأله
- كيف كان ذلك؟
فقال الشيخ بشير
- ألا تتذكر كيف جاء شاعر الربابة ذات أصيل بشبابه وجماله وهو يغني أصل الهوى فاتنا مضاجعهم
شد ما استقبلته الحارة بالحماس، وسرعان ما دعاه صاحب المقهى للسهر، سهراته في صحوة شاملة هزت جميع النفوس ..
غنى الرجل يغني والحارة تسهر ونفوس حتى لاح لي في عالمي الخاص ما كدر صفوي، فانتظرت حتى أتى المعلم [illegible] قادما والمرضعة طريقه وقلت له إن الصقر سينقض على الدجاجة. فلم ينتبه لقولي وحسبني أسأله إحسانا فأعطاني بأكرم المعهود ..
فسأله شيخ الحارة
- ألم يسألك عما تعنيه؟
- أبدا .. ولا بدا مهتما بذلك ..
- ولماذا لم تصارحه بما يخيفه القدر؟
- نحن لا نتجاوز الحد وإلا فقدنا النعمة!
- ثم ماذا؟
- وإذا بمطرب العشق يختفي، وتختفي معه ست بدرية حرم التاجر الكامل الذي تاركه طفلا في عامه الأول، وإذا بالحارة تفور بالواقعة، ويتلقى تاجرنا الوقع فاقد الحياة
وساد الصمت طويلا ثم قال شيخ الحارة
- قد تموت المرأة والرجل قبل أن يشب الصبي للانتقام!
- كل شيء في علم الله
- وما معنى الغيم الذي حدثت الجدة عنه؟
- إنه يعني في معارفنا الحيرة والفتنة والله أعلم.

نجيب محفوظ

١ دعاء الشيخ قاف

نجيب محفوظ

دعاء الشيخ قاف

قتل عميرة العالمة.
واتهم بقتلها منصور الرابع
شهد الواقعة وأدلى بشهادته الزيني وكريمة وخالد
واعترف منصور الرابع بجريمته. ولما قرأ العجب في الوجوه وهم يقارنون بين ضخامة القتيل وضآلة القاتل قال

- انقضضت على فأفلت مني ورميته بحجر فأصاب مقتله..

وثمة من لا يؤمن بالقدر. واعتبر الحادث رغم منزلة القتيل ~~خطأ~~ تشريفيا، ولم يعد منه إلا انتظار النقمة بالكامل.
وتأكد للحارة لسان خفي، لا يعرف له صاحب يهمس بالعجائب ويذيع الأسرار، فشيع همسة حتى ملأ الجو كالرائحة القوية. قال باختصار ووضوح إن منصور الرابع لم يقتل العالمة، وإن الزيني وكريمة وخالد شهود زور، بل إن منصور الرابع نفسه شاهد زور على نفسه كما يقع في تواريخ حارتنا.
وسأل إمام الزاوية شيخ الحارة

- سمعت ما يقال عن جريمة العالمة؟

فقال شيخ الحارة بوجه متجهم

- لا حيلة لأسافل حارتنا..

وذهب شيخ الحارة إلى بيت الشيخ قاف صاحب البركة وقراءة الغيب. ودنا منه قائلا

- ما من رجل أو امرأة في حارتنا إلا وقد أخلى قلبه في هذه الحجرة فأنت تعرف أكثير ما لا نعرف

فقال الشيخ قاف بصوته النائي المكتسب من احترافه لعشرينية من البعد

- سيجاهد العالم بكل شيء..

فسأله شيخ الحارة وهو ينفذ إلى أعماقه بنظرة قوية

- من الذي قتل عميرة العالمة؟
- يا أيها الذين آمنوا لا تسألوا عن أشياء إن تبد لكم تسؤكم والله يعلم وأنتم لا تعلمون

فسأله بإصرار

- من قاتل عميرة العالمة

فقال الشيخ بأسى

- هو من يجول بخاطرك

فاشتدت قبضة شيخ الحارة على عصاه ولم ينبس، وقام ليذهب فقال الشيخ

قاف

- سأعفيك من السؤال عما تنوي فعله

واستمر شيخ الحارة في صمته. صافح الشيخ صامتا وتحرك ليغادر المكان فقال الشيخ قاف بحرارة غير عادية

- سأدعو الله طويلا أن أراك مرة أخرى

«توحيدة»

نجيب محفوظ

١

يقع البيت الأبيض قبل الفم بأمتار من الجسر القادم من الميدان. ومنذ أطلق
عليه ذلك الاسم لا يعرف به أحد من أهل الجزيرة. أما أنت يا [illegible] فأنت ورقة
الناس في البيت الأبيض، فسبحان الذي خلق [illegible] مع أحسن الصورة. ومن جعل
جمالك مثالا لم أعرف له مثيلا، ولم أكن أعرف في خيالي أكثر كثيرا من معالم
الباقية في الذاكرة. وعرفنا [illegible] في البيت من بعيد إلى الأعمدة التي
من جهة التوفيق أن انفتحت [illegible] بالزجاج، فعرفناه عن قرب. وحضرت العديد من
سباياها. وتملك [illegible] حياة [illegible] بعيدة [illegible] وسواد شعرها ونغمة صوتها التي
كنا نحاول تقليدها بزهو فرحين. ومن البداية ليقطعها بجلال وحذر. وكانت من عادة ما
تفتح الأبواب وتغمر الأنس أحاديث الرجل. فإذا هي البساطة بغير افتعال والأنس والإنسانية
من القلب. ولم تأت نسيبا يوم جاءت تعرف المدرسة الإفرنجية لتعمل في الميعاد الثابت
كل صباح. فقد كانت [illegible] البنت تعرفينه، والتفرنج شيء جديد وغير مستقر
وحبي لها بالزهو. اليوم أصبحت تقيم بيننا كل أرضها في [illegible] فرنسية وإيطالية، ترتديه
[illegible] الموضات، وتردد أنباء الحكايات والأشعار لبودلير وتعزف على البيانو الألحان
متفوقة [illegible]. وكان ذلك كله لم يرعبنا ولم يغضبنا بفضل جمالك الباهر: ومن [illegible]
الدائم وأدبك [illegible] الفؤاد الساحرة. أكثر من ذلك كله أن أطلعتنا على جانبك الآخر
الطلي. فالجميلة تسمع أيضا أصوات عبيرة وعبد الحي [illegible] وكان [illegible]
[illegible] في صوتها القرآن. غنت «[illegible] يا ما أحلى نورها»، وتحفظ [illegible] من [illegible] وحافظ
وما خفي على ذلك كله أنك كنت تحافظ على الصلاة، والصيام في رمضان. وكم
مع سماع التلاوة للقراء المشهورين مثل علي محمود وغيره. وما أعجب من ذلك كله عند
كانت تنطلق لنا بنغم رقيق وتقولها بصوتك المليح
خبريني عما تخبئه لنا الأيام..
فلا تهويمات ولا حكايات ولا بودلير. استطاع ابن [illegible] من [illegible] وصبايا عهدها القديم
الذي لقيته في جارتنا [illegible] التي تزين بالبخور والعرافين ولا تشك في [illegible] العفاريت
بالحسن القديم فوق قبور جارتنا
وقد فرقت الأيام بين فروع الشجرة الواحدة من أسرتنا فذهب كل إلى المكان الذي يناسبه.
واستقلت هي إلى الزمالك، وعاشت فترة في الخارج ثم رجعت إليه، وصارت أما وصارت
جدة. وكانت لم أرها [illegible] وظللت محتفظا بصورة الشباب والمرح والجمال
والسحر الجامع لكل شيء.

-

ولكنت [illegible] عن طول [illegible] من بعيد ومن [illegible] الكورنيش إلى البحر الأبيض
عندنا وقفت سيارة [illegible] مباشرة. ورأيت عجوزا تجلس إلى جانب السائق وتلوح لي

بيعصا.. لم اعرف لذلك من الاصول. وجه ملامحه انه يغير نوعها للبيوتهم معها
خطاه هواء سنين الماضي محمد الشوك عاريه في التاعيد ومع العينين زيارة سوار.
وللما رأت ترددي وحيرتي ضحكت
الم تعرفني ؟
عند سماع نغمة الصوت الحجر الماضي بغتة كأنه قارورة عطر تحطمت ..
وظهرت التي تتعثر في الحياء والخيبة
تبادلنا كلمات بالوقفة وانا فارده في اعلان جديدة .
ضحكت العجوز وقالت
اذا كنت لم تعرفني فليس الذنب ذنبي !

ابن الحارة

نجيب محفوظ

عرف منذ قدم بابن الحارة، وما عرف له أم ولا أب، وكانت زمن الحكمة ترتفع في الفيوم مرقده ويقدم الخدمات الصغيرة من خفة ويرتزق. ويرى هنا وهناك بجلبابه الوحيد ووجهه الباسم وقامته المطلقة حتى يكره جسمه الميل إلى الراحة فيمضي إلى القبو ويجلس على فراشه الترابي غير بعيد من باب الحصن القديم. ولو بال ذي همارا يجري كدر ويوشك أن يمرس قطعة صغيرة لاهية فصرخ وهو لا يدري "ارجع" وكانت الصرخة أصابت الشيخ العصفوري وهو منطلق صوب الميدان فخاف وتشاءم وتوقف عن السير وهو يغمغم بـ"أعوذ بالله" وكان ممن يعتقدون في الأسرار الخفية. وإذا بحجر كبير يسقط أمامه بعد لحظات معدودة لم يدر أحد كيف ولا من أين سقط. ووضح لكل من رأى المشهد أنه لولا توقف الشيخ العصفوري تلبية لنداء ابن الحارة لدكه الحجر دكا. وتشهد الشيخ وكاد يفقد وعيه من شدة التأثر، ثم نظر إلى ابن الحارة بامتنان وخشوع وقال له

- أقسم أنك إنسان طيب وأن فيك سرًا لله

وآمن الناس على قوله، فانتقل ابن الحارة من شبه متسول إلى ولي أو شبه ولي. وذهب وجاء في رعاية الأعين المحبة، وتيسر رزقه من قطع الخبز واللحم، وسعى قوم إلى لمس الغيب على يديه، وكأنه لم يتجاوب ولم يبح بالاهتمام به، فازداد القوم له احتراما وقالوا إن كراماته تتجلى بما يجري على لسانه من مشيئة الواحد الأحد. وبدا كل يوم يزداد أثره مكانته في القلوب من الخاص والعام. وذهب ذات ليلة إلى مرقده فوجد أرض القبو وقبل أن يبسط عليها ملابسه البالية انتشر الصمت وخيم حتى أذن مجهول سيقع. وانتبه ابن الحارة لما حوله في ترقب غير مفهوم فإذا بصوت ينطلق إليه واضحا وقويا وحميما. قال

- يا ابن الحارة، اذهب إلى المعلم زادي وقل له أن يرد كل مليم حرام في باله إلى مستحقه ..

تبادر إلى ذهنه أن أحدهم يداعبه، وكان من عادته ما ينسى الفكرة متذكرا البشائر التي انطلقت ووحيا الصوت الغريبة التي نفذت إلى أعماقه. ووراءه خوف. وداخله خوف رغم اعتياده الوحدة والظلام والنوم على مقربة من الحصن القديم مقر عفاريت الحارة منذ الأزل. وجلس وهمس في الظلام وتساءل

- من المتكلم؟

فرد عليه الصدى من نحي القبو وطار النوم من عينيه ووجدانه. وأمل أن يكون الأمر كله حلما أو وهما من وهم الرقاد وكان الصوت جاءه مرة ثانية مدفوعا بقوة أشد

- يا ابن الحارة، اذهب إلى المعلم زادي وقل له أن يرد كل مليم حرام في باله إلى مستحقه

وارتعد الرجل، وأدرك أن الصوت أقوى وأصفى وأنجب من أن يكون لأحد من أهل الحارة. ولعل دعوته جاءت ليتصل بسكان الحصن القديم كما يحدث لكثيرين من أهل الحارة. ولذلك فلا مفر من الطاعة. ويمم منزلة المعلم زادي وحياته التي كان

من مرة بلا منه من الفاتحة . وتردد قليلا حتى أحس بنبرة الصوت قادمة فتقدم

من فوره متعلقا بعزم جديد ، وسار مستندا الى ثقة لا حدود لها حتى وقف امام

المعلم زاوي في مجلسه بين شيخ الحارة وامام الزاوية مع نفر من المقربين ، وتوقف

الثلاثة عن الحديث ، ونظر زاوي الى ابن الحارة متسائلا

- مالك ؟ .. هل عضك الجوع ؟

فقال ابن الحارة بصوت ثابت

- معي لك أمر من الصوت القديم ، قال لي صوته ان اذهب اليك

وأقول لك ان ترد كل مليم حرام في مالك الى مستحقه ..

وانعقدت الالسنة لحظات من وقع الدهشة . وكان المعلم زاوي اول من أفاق

منهم فقام ثائرا حول النارجيلة وهوى بأسفلها على خد ابن الحارة فقذف به

متقصف الحارة صارخا ، ورده شيخ الحارة الى مجلسه . وبدا الاستياء

على وجوه جميع من شهدوا الحادثة وكانوا يعرفون زاوي من العارفين . و

مضى ابن الحارة وهو يتعثر ، وظن ان الصوت أراد العبث به ورجح ان يكون لعفريت

من الاشرار . وتناقل الناس الخبر ومالوا الى الاعتقاد بأن صاحب الصوت من العفاريت

المؤمنين الاخيار ، وإلا ما اتهم زاوي بحرام في ذاته وماله .

ومضت ايام قلائل قبل ان يعود الصوت الى النجاة ، ولما سمعه انزعج انزعاجا شديدا

وقعد عن الكلام في تعاسة بالغة وقال

- الويل لي لو أطعتك مرة أخرى

فرجع الصوت يدوي في فراغ القبو ان اذهب الى المعلم زاوي ، فقال بتوسل

- ان كان الامر حلالا فلتنفذه بنفسك وأنت اقوى مني أنا المسكين الأفيرات ؟

فكرر الصوت امره صارما غير قابل للجدل .

في الحال قام ابن الحارة واقفا وعاجزا عن الرفض لضعفه ، ومعاودته نشوة الجرأة

والعزم كأنما شرب قارورة من الخمر . ووصل القوم لا رأوه قادما نحوهم . ولمح زاوي

صوب النارجيلة عنه مسددا نحوه نظرة من نار ، وتلاقت أعين الساهرين في

المقهى عند الرجل ذي الجلباب الواحد . قال شيخ الحارة بنبرة منذرة

- اذهب بلا مشاكل ..

وكان ابن الحارة صاح متحديا المعلم زاوي

- الصوت يقول لك ان ترد كل مليم حرام في مالك الى مستحقه

ووثب زاوي عليه وانهال على وجهه لكما وعلى جسمه ركلا حتى سقط على الارض وهو

يخاره ويتلوى والدم ينزف من انفه وفمه ..

وحدث ما لا يحدث في الحارة الا نادرا اذ قام الجالسون واقبل الشاهدون

يا

الصمت الذي عمه ابن الحارة ، وبين الاخذ والرد تمادوا في الغضب من جديد

فانقضوا في صفوفهم في معركة حامية ..

وكانت ليلة سوداء لا مثيل لها في الزاوية . امتلأ المكان بالغاضبين وسالت الدماء

وتساءلوا : الا يعرف ابن الحارة من قتل ، وذهب شيخ الحارة لعيادة الشاعر

وهو يعجب من كثرة الجرحى ، وقال شيخ الحارة للإمام

- ليلة عجيبة ، فاقت في نزالها حكاية العفاريت في العصر القديم ..

«السلم»

نجيب محفوظ

على كثرة ما شاهدت وما سمعت فإني لم أعرف مثيلاً لحياة حارتنا في الفترة التي
عرفت بالفترة السوداء. فترة غريبة لم تمر بحارتنا مثلها فيما سبقها ولا فيما تلاها.
ولعل خير ما وصفت به ما قالته عنها أم إبراهيم الكواء إذ قد سقط سقف شقتها. وذات
يوم سألت صديقاً من أهل العمر والخبرة
- ما هذا الذي يجري تحت أعيننا؟
فأجاب الرجل في أسى
- الظاهر أن الأزمنة التي تمر بالناس تمرض وتموت مثل بقية المخلوقات.
والغريب أنه لم يعد هناك شيء يخفى على أحد، ولم يعد أحد يخجل من الجرب. وسمعت
أم بسيمة الداية تقول ساخرة
- سنرى الفاسقين عرايا تحت الشمس، وسنشهد الأصدقاء وهم يسرقون في حراسة
العساكر..
ومنذ ذلك اليوم نتسلم تباريح الهموم بحرقة، وكلما مضنا العذاب هرعنا إلى ذكريات الماضي
الجميل. أما شيخ الحارة فلم يعد يعبأ بأحد أو هذا ما تصوره، فكان يخرج من دكانه
ويقطع الحارة من الفتوحات المبتذلة وهو يردد لدى أي مناسبة
- لن يفلت من القانون منحرف
ولم يقصر خفير الدرك في سعيه من حين لآخر أمام الزاوية يفاود الأشياخ بالمواعظ
والأمثال ومطالبة السلف الصالح.
وذات يوم جاء يصيح المعلم زين البركة فاشتعلت الفزع والفضول. كان يوم السوق
أو يوم السلب والنهب كما يقولون، وما حب الأمن بالمساريات والغزل والشتائم.
وتبختر زين البركة فوق حماره الحصاوي وتابعه يتقدمه صائحاً
- وسع يا جدع.. المعلم زين البركة..
وقبل المقهى ندت عن المعلم صرخة مشروخة. حاول الرجل الوقوف فعثر، ثم تلوى وهم
الكارح فوق البردعة. وهرع إليه الخدم وحملوه إلى أقرب أريكة في المقهى ورقد
يستقبل نتاج الدم في فمه. وجاء شيخ الحارة مهرولاً، وجعل يفحص المعلم
فتكلم عليه بصمت شامل، واعتدل ماسحاً الوجه وقال
- فارقه السر الإلهي.. مات المعلم بركة..
وخيم جلال الموت في القلوب الخشوع والرهبة رغم إجماع التعزية على كراهية المعلم، و
نزع شيخ الحارة ينظر في الوجوه فقال آخر من صوته
- لم تعترف منه أحد
فقال الرجل يجيبه
- ستقول الشرطة والنيابة والطبيب الشرعي

٤

وكانت الجمع ما اسفر عنه البحث الاولى ان العلم قبل بدء أصابه في الغيب. لم
تفهم الآثرة ما تعنيه كلمة "السحر". وقال فلان لم يترك قليل ان يدرك معناه. وقال شيخ الحارة
- السحر يتطلب من قوس .. وقال الفتوة لم يشاهد ان يكون بعيدا .. لا شك ان كثيرين منا هم
رأوه وهو يتأهب يمينا..
وتأسفوا بالاجابة الغليظة اقسموا أنهم ما رأوا أحدا. قال شيخ الحارة بضيق
- أنا عارف ان هذه الركلة لم تأت عجبا..
فقال صوت
- الملائكة يطوفون الحي وكأننا لا نشهد الا ما نعلم
وجال الشيخ حول المكان جولة. وتفقد البيوت المطلة عليه وكأنه لم يعثر على ما يثير الريبة. ولكنه
طوال الوقت يتساءل
- من الذي استخرج السحر من جعبة التاريخ ؟.. ولماذا ؟..
واستمر البحث أياما دون جدوى، ولم تكشف الا عما أصاب النفوس من بلادة وسوء ظن
بالناس وعدم ثقة في السلطة والقانون. ولما عجز أهل الظاهر عن ارواء ظمأ الناس
الى الحقيقة تطوع أهل الغيب بالكشف عن المجهول. قال ولي الله الشيخ رمضان
- لا تنسوا الحصن القديم..
الناس لا ينسون الحصن القديم القائم دون القبو، فقال الشيخ رمضان
- كان في الماضي مجمع جماعة الاقواس والسهام، ولن تعجز القدرة عن ارسال روح
منهم للدفاع عن حارتنا البائسة!
وشاع ذلك وتردد على كل لسان. واذا بام بسيمة الداية تؤكد انها رأت - وهي راجعة
من توليد امرأة في وراء القبو - شبحا تسلل الجدار الى الحصن.
ولكن شيخ الحارة قال انه ربما يكون بعض المجرمين قد اتخذوا من الحصن القديم وكرا؟ فاستعان
ببعض رجال الآثار والشرطة ودخلوا الحصن من بابه وجاسوا خلاله فلم
يجدوا الا الاحجار والعنكبوت.
واعلنوا ذلك بقوة ووضوح. وحذروا الناس من تصديق الخرافات.
وتبادل الناس النظر
وتساءلوا مستنكرين: أنصدق هؤلاء الافندية ونكذب ولي الله الشيخ رمضان
والست الطيبة أم بسيمة؟!.

العاصفة

نجيب محفوظ

1

لكن ما كان عندما توسطت الشمس السماء. وكان الجو غاية في الاعتدال والوداعة،
دون مناسبة قالت الشيخة بهية «قلبي ينذرني بخوف نادر». وإذا بهواء خفيف يتسلل
إلينا، ويستمر فلا ينقطع لي أخذ أنفاسه، وينشط ويلعب ويعبث ثم يأخذ في الشدة
ويزيد بعد الشدة شدة حتى يتجسد عنفا أغبر ويزمجر في الأركان ويتردد
أصداؤه كالعواء. وأكثر من صوت صاح
- اللهم عفوك ورضاك
وكان الظلام في الجو طوفان من ريح متضاربة محملة بالأتربة والدوامات من ما
ما خضع له كل شيء. طارت الآنية والأقفاص والكتاكيت من فوق الأسطح، وصفقت
الأبواب والنوافذ، واختلط الصراخ بالبكاء، وتداخل النواح مع الصياح في الضجيج،
ومع كل دقيقة اشتد العنف وتمادى
وانطلقت الأصوات من معاقلها
- إنه يوم القيامة
- لن تجد الصمت فوق الأرض
- ما هو الشيطان يأتي من خباياها..
واستمر العنف الكوني حتى آمن المذعورون بأن النهاية آتية لا ريب فيها. ومن
الانزعاج هتف شيخ الحارة وقلبه. ولم يضع نفسه بأنه يؤدي واجبه صاح بصوت
شاع في الضجيج
- أغلقوا الدكاكين.. أغلقوا الأبواب والنوافذ.. لا يبقى أحد في الطريق
وآوى إلى صحن الزاوية. تبادل مع الإمام نظرة حائرة. وسأله أحد اللاجئين
إلى الزاوية
- ماذا أنت فاعل يا شيخ حارتنا؟
فأجاب بنبرة غاضبة
- نبدأ العمل عندما تسكت العاصفة..
- ولكننا لم نشهد مثل ذلك من قبل
فصاح:
- لست مسؤولا عن الرياح
وأمضوا يتحملون أحداثا كثيرة فسالت دموع غزيرة. وأراد رجل أن
يشارك في الغيب نحو يحدث من معه عن حلم رآه أمس مع حينه استنفدت
العاصفة وتمادت فنهض رجل بلغ منه اليأس نعرفه أنه دعوانا من الأحلام فقد
ألقى الواقع كل حلم.
وتواصلت العاصفة حتى المغيب وقبل حتى هبوط الليل. وذهبت كما جاءت بغير

تحسين أحوالها باستعادة الله. آوى الكون إلى الصمت المطبق كأنما يصغي بصمت عن
أسفه. وضج المكان بضوضاء السلاسل وجلجلة الأصوات تطل من النوافذ والأركان.
وصدرت عن الحارة تنهدة عميقة طويلة اشتركت فيها جميع الصدور. وإذ بصوت
استغاثة يهتف، ترتفع مزيدا: ما ضاع ضاع وعليه العوض .. وغضب شيخ
الحارة وصاح بعصبية
— لقي عند الكاذب وحسب الناس ما جرى
وتتابعت الأصوات تحولت محفوفة بما يشبه الاستغاثة كأنه الخراب والنهب
والسلب، منها صوت الأهوال وهتافات الأعراض.
وتابع شيخ الحارة تلك الأصوات بقلق شديد
ورضت الأصوات تؤكد أن اللصوص زحفوا من الحفر والثقوب ومن حيث لا يتوقع
أحد، وازدادوا عددا وضخامة حتى سدوا عين الشمس. وأنهم انتهزوا فرصة
هبوب العاصفة بل قيل إنهم هم الذين أثاروها وأسعد عوضا من كان يملك شيئا.
وحصل هرج ومرج وحزن شديد ولم تعد الحيرة تفرق بين المستقيم بهيئة
وشيخ الحارة
واجتمعت قلة من الملة تيامن بفضل عند باب الحصن القديم. يتبادلون الهمس
والشد على الأيدي في الظلام ويتطلعون بحزن ونفاد صبر إلى طلوع الفجر.

—

٢

«العمر لعبة»

—

نجيب محفوظ

قال لي علي زيدان وأنا أزوره وهنئا بآخر ترقية له في الشركة

- وجبت التوبة وليغفر الله عما سلف.

فقلت بارتياب

- سمعتك تقول مثل ذلك مرات من قبل

فقال بثقة ويقين

- هذه المرة تحمل عزما أكيدا

- ترى هل قتله أحد اللاعبين أو تآمر عليه نفر من أصحابه

- قوة هذه المرة التي هيمنت على بدون سبب محدد وتأخذ بدافع إلى تغيير حياة الليل واستقبال حياة جديدة.

ولما أفاق من الدوامة المحمومة وجد نفسه على أعتاب الخمسين تقريبا في دنياها، بلا أي مدخر من مال يركن إليه، تعيده سيرته نحو السمعة. وجعل يصاحبني ويحادثني ليكتشف الدنيا من جديد، وينخرط في هموم الناس وشئونهم. وقال لي مرة وهو في غاية القلق

- أثمن ما خسرت على مائدة القمار عمري لا نقودي..

فقلت على سبيل العزاء

- الحياة تبدأ في الستين..

فقال بجدية

- أريد أن أتزوج

- لكل سن عروس تناسبه

- وخاطبت أختي أفكاري في ذلك باعتبار أن أول شخص لا يخشى دائما مع الزواج، وكأني أريد زواجا بالمعنى الصحيح..

- ماذا تقصد؟

- أنا لا أبحث عن لقانة العطار، بل أريد عروسا شابة وعذراء ذات جمال يذكر وتعلم لا بأس به..

فقلت له بصراحة

- الزواج مكلف هذه الأيام

فقال باستخفاف

- تأمين تدبير الأمر تعقد سلفة بضمان مرتبي وهو مرتب محترم

- نعم.. ولكن أليس في حياتك امرأة؟

فضحك ضحكة لم تخل من مرارة وقال

- لم يكن لدي وقت للحب..

وبدأ سعي مزدوج من ناحيتي وناحية أقاربه هو. لكنا بدأنا الحديث بالرضا

٤

والمرتب فيفتح شهية المشعع. فاذا تركنا العمر يطول البعض ويرفعا الحاجبان وقال
ان يذكر الاسم «على زبدانه» حتى تفتحنا صحيفة «المقابر» بل يتبدل ان يحصي الناس
على استعداد للتسامح مع اللصوص والمرتشين وكانهم يزيدون من اغنياء المقابر.
ولم يمض بعد من ان تصل تلك الاخبار الى صاحبي تخزنه واسف وخيل الى انه
يطعن في السن باضعاف السرعة السابقة. وقال لي متحديا
- لن اغادر الدنيا الا وانا زوج واب!
فقلت مجاملا
- لا يجوز ان تياس
- لدي ما اعتمد عليه ... لقد زرت الشيخ لبيب وقرأ لي الغيب..
فلم اتمالك من الضحك وسألته
- لم اعرفك من المصدقين لهؤلاء الرجال
فقال متنهدا
- اليأس يدفع لاكثر من ذلك..
وصدق الشيخ لبيب فقد علمت بعد دلال سيدة السمعة المعروفة في حارتنا بشغله صاحبي وكانت لها بنت في العشرين آية في الجمال والتحرر
الذي يثير غضب حارتنا، فما كان منه الا ان تقرر ضم الرجل «اللقطة»
الى اسرتها. وألحقت بالشابة الجميلة «سعاد» في طرف المحل التاجر غير عابئة بالفوضى
والعنف والهمز من سعادة ما وقع الحاجز الغاضب اليائس في الشباك الذهبي، ولم تأخذ شأن
لامتعاج في اسرته ولا تحفظ الاصدقاء وبانه يصبح حكاية مثيرة من حكايات حارتنا. وقال
لي وهو يضحك ضحكة لا معنى لها
- لن اسمح لأحد ليفسد على سعادتي في فرصتي الى لحظة القادمة..
وشفق علي بيدي بحرارة وقال
- اشكرك وقولك معي ونحن بمودتك، وارجو ان تقسمع معي بانه من يفعل
شيئا فعليه ان يتركه حتى الثمالة..
وكرت الاعوام، واتحب علي زيدان ولدا وبنتين، ولما احيل على المعاش
شغل باولاده عن احزانه المتصاعدة، وشغلت زوجته بجمالها عن كل شيء وصار
بيته مضربا للامثال. ولما الح عليه الضعف قال
- ما زلت أحضر امام المائدة.

نصيبك في الحياة

بالدقة لا ندري متى بدأت الظاهرة . لكل شاهد قصته أما الوقت فقد ضاع ترتيبه
تقول أم حسني السقا « ذهبت لبياع الفطائر لاشتري فطيرة بالسمن ، وأخذ الرجل
كرة العجين وراح يبسطها بالنشاب وفي تقصف لصفقة ، ورأيته يكف عن عمله
فجأة ويجهش في البكاء ، فذهلت أنا وبهت ، وسألته عما به وما يطلب
من عوني وكانه استغرباني ، ويبسط يديه ويقبضها ويواصل البكاء ، وتجمع
الناس أمام دكانه حتى جاء أهله فحملوه الى بيته وهو لا يكف عن البكاء
وتقول أم جاهر بياعة المخلل « جاءتني ست أم علي بوعاء لتملأه بالمخلل
وفيما هي تشير الى الخيار والفلفل توقفت فجأة ، وجمدت ملامحها ، وجعلت
تبكي بحرارة ، وتزيد بكاؤها حدة وحرارة كلما مضى الوقت فتملكني الخوف من
تمثه إنسي حتى انعقد لساني ، وخشيت ان تجرح صدرها من آلامها ، وتجمع الناس
وهرع اليها زوجها من دكانه ومضى بها الى بيته والناس يتبادلون النظرات المليئة
بالانزعاج والدهشة ..
وتعددت الحكايات وتنوعت ، وكثر الضحايا من الرجال والنساء ، وبلغ الخبر
شيخ الحارة فصاح غاضبا
- لا تسكتون عن اختلاق البدع والمفتريات ..
وكان سرعان ما كف عن اللوم والتقريع عندما شاهد خفيرا وهو
يجهش في البكاء ، فقال لامام الزاوية
- هذه مصيبة جديدة في حارتنا التي لا تشبع من خلق المصائب .
فقال الامام
- الناس تداوي الحالة بالحمامات الدافئة والمشروبات الباردة
وانتبهت أم صفية الدلالة قريبة من الحديث فدخلت فيه قائلة
- لا علاج للحالة الا الزار ..
فسألها الامام
- وايش دخل العفاريت في البكاء ؟
فقالت بثقة
- لا يبكي انسان بلا سبب الا من به عفريت ولن يتركه العفريت الا
بدقة الزار
فقال شيخ الحارة بحزم
- لا أوافق على اعتبار الحارة بأكملها ممسوسة ، وكأني سأرفع الأمر
الى مفتش الصحة .
ومضى الرجل الى سعادة المفتش وأبلغه الأمر . وقال المفتش

2

- أنتم لا تفرقون بين الحقيقة والوهم..
فحلف له بأنه رأى الدموع بعينيه، وأنه لا يدري لم يبكين من دموع. وفي صباح اليوم التالي زار المفتش الحارة مصحوبا بحراس وتمورجية. وهرع إليه الناس وهم يهتفون «أهلا يا حضرة المفتش». فرمقهم بامتعاض، ولكن امتعاضه سرعان ما انقلب إلى دهشة عندما شاهد التماثيل والكتابات. وسأل المفتش شيخ الحارة
- ألم يجد جديد في حياتكم يمكن أن يكون السبب في ذلك؟
- أبدا.. لا جديد.. حياتنا هي حياتنا مسراتها وأحزانها..
وانتقل المفتش من بيت إلى بيت، وجال في الحارة من أولها إلى آخرها فلم يترك دكانا أو مقهى، والسبيل والكتاب وحوض البهائم، وفحص الحمير والبغال وألقى نظرات طويلة على جدران الحصن القديم والقبو. وجلس في دكان شيخ الحارة منهوك القوى تائه النظرة. وارتفع صوت أم حنفية من وسط الجمع أمام الدكان
- الزار.. الدواء الوحيد في الزار يا حضرة المفتش..
فصاح شيخ الحارة غاضبا
- اسكتي يا ولية.
وتوقع كثيرون أن يتكلم المفتش ولكنه لم ينبس. وبدا أنه يغوص في السحب أكثر وأكثر حتى قال شيخ الحارة لنفسه «يا ربي.. المفتش على وشك الانهيار».
ولاحظ ذلك أيضا المعلم حسن الألاتي صاحب بيت الطرب والغناء، فاقترح على شيخ الحارة أن يأخذه إلى بيته ليستريح في حجرة النافورة ليقدم له شرابا باردا وزهرا يانعا فاستحسن شيخ الحارة الرأي إنقاذا لهم جميعا من الحرج.
ذهب المفتش إلى بيت الألاتي، وراح الناس يتحاورون فيما سيتم
وقال رجل
- أراهن على أن المفتش يوشك على البكاء..
فقال شيخ الحارة بحنق
- إنه إنسان.. وكل إنسان قابل للعدوى..
وترامت من بيت الألاتي إلى الجمع نغمة رقصة، وطبل وتصفيق.
ونظر شخص من بيت يقابل بيت الألاتي ويكشفه وصاح
- إنه يرقص.. يرقص رقصا لا مثيل له...
وسمع صوته وهو يغني
نصيبك في الحياة لازم يصيبك

واستمر نجما بدأ يرقص ويغني .

وتقاطر الناس من جميع الاركان واحدقوا ببيت الآلاتي .

وكف الباكون عن البكاء بغتة !

وانخرط الجميع في الضحك ..

图书在版编目（CIP）数据

星星的私语 / (埃及) 纳吉布 · 马哈福兹著；秦程程译. -- 南京：江苏凤凰文艺出版社, 2021.3
书名原文: Whisper of stars
ISBN 978-7-5594-5049-4

Ⅰ. ①星… Ⅱ. ①纳… ②秦… Ⅲ. ①短篇小说 - 小说集 - 埃及 - 现代 Ⅳ. ①I411.45

中国版本图书馆CIP数据核字(2020)第143596号

著作权合同登记号：10-2020-364

星星的私语

[埃及]纳吉布 · 马哈福兹　著
秦程程　译

责任编辑　李龙姣
策划编辑　张莹莹
装帧设计　所以设计馆
出版发行　江苏凤凰文艺出版社
　　　　　南京市中央路 165 号，邮编：210009
网　　址　http://www.jswenyi.com
印　　刷　北京盛通印刷股份有限公司
开　　本　787 毫米 × 1092 毫米　1/32
印　　张　6
字　　数　52 千字
版　　次　2021 年 3 月第 1 版
印　　次　2021 年 3 月第 1 次印刷
书　　号　ISBN 978-7-5594-5049-4
定　　价　45.00 元